探偵は御簾の中

白桃殿さまご乱心

汀こるもの

イラスト――しきみ
デザイン――岡本歌織（next door design）

目次

登場人物

別当祐高（べっとうすけたか） 検非違使（けびいし）別当。
京の貴族では珍しい妻一筋の愛妻家、ということになっている。

忍の上（しのぶのうえ） 祐高の北の方（正妻）。三人の子を持つ良妻賢母。

少将純直（しょうしょうすみなお） 検非違使佐（けびいしのすけ）。祐高のいとこで弟分。物の怪（もののけ）の話が好き。

衛門督朝宣（えもんのかみとものり） 女好き。命懸けで独自の恋愛観を追求する。

三位中将（さんみのちゅうじょう） 荒三位（あらさんみ）。貴族なのに乱暴で有名。

大将祐長（たいしょうすけなが） 祐高の兄。自称苦労人。結婚間近で幸せいっぱい。

陰陽寮学生安倍千枝松（おんみょうりょうがくせいあべのちえまつ） 陰陽師（おんみょうじ）見習い。ひねくれ者。父と折り合いが悪い。

桜花（おうか） 忍のいとこ。純直の妻。京で二番目に不幸な女。

葛城（かつらぎ） 忍づきの女房。不幸な女。

白桃殿明子（はくとうでんあきらこ） 大将祐長の北の方。鯉寿丸（りじゅまる）、鮎若（あゆわか）の母。不幸続きの右大臣家の長女。

小夜（さよ） 白桃殿の妹。権中納言の北の方。食いしん坊。

呉竹（くれたけ） 白桃殿のいとこ。弾正尹大納言（だんじょういんのだいなごん）の北の方。色好み。

天文博士安倍泰躬（てんもんはかせあべのやすみ） 安倍晴明（せいめい）の血を引く評判の陰陽師。

桔梗（ききょう） 忍の乳母（めのと）。

吾に辱見せつ

京で一番幸せな女君といえば帝の皇子をお産みになった中宮、二番目が検非違使別当祐高令室の忍の上だった。

しかし忍自身はそう持ち上げられて傲慢に「はい、わたし幸せです。二十四歳にして二つ年下の真面目な夫と三人の子に恵まれて幸せの絶頂です。もっと褒めていいんですよ」などと言っては世の中をやっていけないし、そんなことを思ってもいない。

「いえ、我が夫は風雅を知らない木石、背が高いばかりの木偶の坊。義兄上さまのお引き立てなどあってどうにか中納言だの兵衛督だの検非違使別当だの偉そうなものになりましたが、女心がわからないので浮気もできない甲斐性なしです。見た目だけでも凜々しい公達に見えるよう、わたしが苦労して整えています。主上や中宮さまとお比べになるなどとんでもない、皆さまがそんなことをおっしゃったのではわたしにばちが当たってしまいますよ」

上つ方の貴女の前では、このように謙遜しなければならない。——大分事実だったが。

忍は、祐高にさせられた苦労を語らねばならない。

「あの方はわたしと結婚した当初、こう思い込んでいたのです。〝京の女は早起きが得意だ〟――」

ここで聞き手がどっと笑う。聞くのが二度目、三度目でも笑う。高貴な貴族は大声で笑ったりするものではなかったが、この話のときは皆、常識を忘れて大笑いした。

〝別当祐高卿、朝寝をすること〟は忍の上、渾身の滑らない話だった。

忍が祐高と結婚したのは忍が十六、祐高が十四のとき。双方、遅くなってから家族にせっつかれて慌ててそれらしい縁談をまとめて、ふりでいいからよい夫婦になろうと約束をした。

以来、忍は毎朝まだ暗いうちにせっせと早起きして化粧をし長い髪を梳り五衣を着て祐高が目覚めるのを待っていた。側仕えの女房、皆が彼女に倣って身なりを整え、格子戸、蔀戸を開け放つ。夜の間、邸内に滞っていた空気が晴れやかな朝の風で入れ替わる。

夫は朝が弱かった。朝日のまぶしさに耐えかねてむにゃむにゃ言いながら御帳台から出てくるのを、湯殿に放り込んで朝風呂で目を醒まさせ、粥や干物など食べさせて直衣や袍やら綺麗な装束を着せて、一人前の貴公子に仕立てて内裏に送り出す。それが妻の義務だった。「結婚とは大変なものだ、独身でいればよかった」と何度も思った。

事件が起きたのは、二年ほど経った頃だったろうか。

祐高がある日、何の拍子か暗いうちに目を醒ました。たまにはそういうこともある。二度寝してくれればよかったのだが、寝入り損ねたらしい。

彼は御帳台の中で寝返りを打っていると、忍の乳母が外から覗き込むのと鉢合わせしてしまった。いつもは乳母が帳をめくり、手探りで女の長い髪を探り当てて密かに忍だけ揺すって起こしていたのだった。

祐高はその乳母を追い返してしまった。

「こんな早くに起こすのはかわいそうだ。忍さまもゆっくり眠ればいい。わたしは毎朝、御帳台で一人で目覚めるのが何となく寂しかった。今日、横に忍さまが寝ているのにほっとした。わたしの前世は鼬か何かなのだろう。狭い方が落ち着く」

とか寝言を言っていたらしい。

おかげで忍は娘時分のようにすっかり寝入っていた。はっと気づくと、祐高が肩を抱いている。

「たまには一緒に朝日を見よう」

——とんでもないことを言う。忍は彼を残して御帳台を出なければならないのに。

「やめて、離して、わたし、もう行かなきゃ」

「なぜだ。日が当たると溶けるわけでもあるまいに。今日は内裏に行く用事もない。あなたもゆっくりして皆が仕度をしてくれるのを待とう」

「そういうわけにはいかないの」

忍は焦って身じろぎしたが力ずくで夫を押しのけるような膂力はない。引っ掻いたり殴りつけたりなど考えも及ばない。声を低めて脅すしかなかった。

「離してくれないとわたし、あなたと別れるしかない。離婚よ。こんなことされたら離婚するしかないわ」

「狐が忍さまに化けていて、朝日が当たると正体がばれるのか？」

「そうよ。お願いだから離して」

「ならば化け狐の正体を見ておかなければなぁ」

祐高はそれが気の利いた冗談だと思っているらしい。忍は泣きそうなのに。

「お父さまに言いつけて離縁していただくわ。こんな辱めってない」

「辱めとは何だ。義父上に言いつけるとは」

この辺で、祐高は機嫌が悪くなってきた。

「わたしは義父上に認められたあなたの正式な聟だぞ。間男のように扱われるのは心外だ。二人、互いに親族を心配させないようきちんとした仲のいい夫婦のふりをすると約束したではないか。あなたもわたしの子を二、三人産んでくれると。親兄弟が勝手に決めた形だけの結婚だとしても、身も心も許し合ったのではないか。夫婦が一緒に朝寝をして何が悪い。わたしは気遣っているのに、なぜあなたはこんなことで泣く。ちゃんと説明をしなさい」

ぼんやりした男なのにこの日に限って理論武装していた――いや、ある意味でぼんやりしていた。口調ばかり一人前で自分が何を言っているのか自分でわかっていない。

忍は涙が止まらなかった。乳母に助けを求めて何度か声を上げたが、祐高に追い払われてそれっきりだったらしく返事がない。

御帳台の外は女房たちがばたばたと朝の仕度をしている気配だ。忍抜きで。皆に見捨てられた思いだった。四面楚歌とはこのようだったか。虞美人ではなく項羽の気分だった。

そしてついに、格子戸や蔀戸が開けられるときが来た――忍はずっと閉ざしていてほしかったが、きっと祐高が怒るだろう。

薄い帳越しでも日の光は容赦なく全てを暴く。泣き疲れた忍は、もう寝具で涙を拭う気力もなく呆然としていた。

今更、肩を抱く手が緩んだ。

怒っていた祐高も、はっきり明るくなってようやく何がまずいのか知ったらしかった。

「ほら朝日が綺麗だ」とか言っている場合ではないと。

先ほどまでの剣幕はどこへやら、しおらしく外の女房に呼びかけた。

「……誰か、手水の用意を」

その声はささやくようだったが、女房たちは聞き逃さなかったらしく、少しして盥に水が運ばれてきた。

忍はもう死んでしまいたかった。寝ている間に鬼に首を刎ねられてしまえばよかった。

前日は綺麗に白粉を塗ってかわいらしく眉を描き、唇に紅を差した。古風に目もとにもちょっと紅を差すのが一周回って流行りだとか。女房たちと日夜、研究していた。愛される女になるために。

だが実際に愛される段は。

灯りを消して憂き世の全てを忘れて互いに溺れる。二人で幸せな夢から眠りにつく。熱く激しい恋があるかどうかは実のところ忍にもわからないが、忘れたり溺れたりできるのは幸せなことらしい。真っ暗な夢の中で祐高の愛に包まれている間、忍は幸せだった。そのときは。

忘れても現実が消えるわけではない。いつまでも溺れてはいられない。

夜の闇の中では愛が勝るが、朝日の光とともに忘れた憂き世の全てが戻ってくる。

夢中で肌を合わせると、頑張って塗った眉墨や紅があらぬところにつく。塗り広げられて顔のどこについているか。逆に白粉は剝げてまだらになって。更に忍は泣いたので、涙で白粉が溶けた。

寝起きの女君の顔は化け狐よりひどい。

京の男君はまだ暗いうちに一人で起きて女君に愛の言葉をささやいて寝床を去るか、女君が身仕度を終えて蔀戸を開けるまで狸寝入りしてでも寝ているかどちらかしかない。

〝二人で寝床から朝日を見る〟なんてありえないのだ。

世の中で常識とされていることにはそれなりの理由がある。

「わたしに拭かせてくれ」

忍は自分で顔を洗おうとしたが、祐高が何やら神妙に濡らした布で忍の顔を拭った。死体になって湯灌されているみたいだったが、もはや全てがどうでもよくて忍はされるがままだった。この後、薪を組んで自分に関する何もかも燃やしてほしかった。

一通り拭い終わると、祐高は少し強張った笑顔を作った。

「大丈夫だ忍さま、まだここには愛があるぞ！」

「うるさい」

祐高はふと、布の白いところで自分の口もとを拭いた。布は赤く染まった。

「わたしの顔も面白いことになっていたのではないか」

「男と女で違うのよ！」

以降、忍は少し起きるのが遅くなり、朝に几帳の陰で身仕度をしていることがあったが祐高はちゃんと見ないふりをするようになった。


「いかにできた夫と言っても、妻の素顔を暴くような朴念仁は雷に打たれて死ねばいいのです」

他人に話すときは、少し強い言葉で締める。

「確かにそれじゃ妻君は大変ねえ。わたしならくびれて死んでしまうわ」

「でも忍さまも言いすぎじゃないの。いい夫君よ」

「いいえ、離縁に値するでしょう」

「わたくしは許してさしあげるわ。気の毒な別当祐高さま」

「あなた、化粧がなかったら骨も残らないような女じゃないの。許すも許さないも別当さまが悲鳴を上げて逃げるわ」

議論の余地を残すのが良妻賢母というものである。


最初、忍は皆が笑うのに絶望していた。本気で怒って泣いて離縁するかのどを突いて死ぬかと思ったのに、父も母も姉も笑って全く取り合ってくれなかった。祐高よりもそちらの方がひどかった。

自分は天の下で一番不幸な女だと思っていたこともあった。


が、とあるきっかけで少し立場が変わった。

ある年、上つ方の貴族淑女の集まりに呼ばれた。夫の兄の邸の新築祝い、女だけで弦楽を奏する会で、「他に琵琶を弾ける人がいない」という理由で忍にもお声がかかった。

夫の兄の妻は栄えある大臣家の姫君。その一族に紹介されるとあって忍は浮かれた。

お妃さまもいらっしゃるという。

これは人見知りなんかしている場合ではない。

機知に富んだやり取りをせねばなるまいと、前日は和歌と漢詩の本を必死に読んだ。読みながら晴れ着に香を焚きしめ、髪も梳いた。琵琶の練習をする暇はなかった。

当日、忍は襲の色も鮮やかに、完璧な貴女の装いで出かけた——

「忍さま、結婚してどれくらいになる。御子はまだかえ？　祐高さまという方は一途で通っているが、邸の女房くらいは手をつけているのか？　それとも男の子が好き？　不能を隠すために結婚する方もいるが、夜の営みは月に何度くらい？　女同士じゃ、気軽に相談するとよい」

だが新築の豪奢なお邸のど真ん中で麗しい女君から投げつけられたのは、あまりにもあけすけで機知とほど遠い質問だった。

しかも相手は目上。何も答えないわけにいかない。当時は忍も純情だった。

怒るか、恥じらうか。悩んだ末に。

「いえ、あれは一途なんていいものではないんですよ。うちの夫というのは見た目ばかりのぼんくらで——」

忍が選んだのは猿楽の道化になる道だった。これはこれで機知だった。幸い皆「女の化粧を剝ぎ取る男」がありかなしか議論するのに夢中になってそれまでの話を忘れた。

こうして忍は夫婦の秘めごとを語らずに済んだ。

丁度いい失敗をしでかしていた夫に感謝すらした。

した後で家に帰って我に返った。「どうしてわたしが笑われなければならないのか」と。なぜだか急に涙がぽろぽろ落ちた。小賢しく笑いを取りに行った自分自身にすら怒りがこみ上げた。何もかもが悔しかった。

「祐高さま、浮気をして！　わたし、せめて泣いてごまかしたい！」

結果、彼女は心にもないことを夫にせっつくようになった。

子が産まれて京で二番目に幸せな女君と呼ばれるようになり、この話は何度も語るようになったが、忍は今でも密かに絶望しているし、自分のことを天の下で一番不幸な女だと思っている。

荒三位の悪夢

1

祐高はため息をついた。

「ついにやってしまったのか」

「責めませんから正直に白状なさってください」

「違う！　おれに女を殺す趣味などない！」

三位中将はそう主張したが、どうだか。

六条の信濃守邸に呼び出されたのは早朝のこと――京では困ったらとりあえず検非違使だ。佐の少将純直だけでいいとも思ったのだが、相手が例の荒三位と聞いては別当祐高も暢気に朝寝していられなくなった。

現場に着いてみれば、几帳の陰に単衣一枚のあられもない姿で仰向けにひっくり返っている二十頃の女。長い髪が襖障子の方まで延びて、踏まないようにするのに難儀した。

枕やら脇息やら丸めた紙やら転がっているので足の踏み場がない。

そしてやはり単衣一枚で畳の上に座り込んで呆然としていた、ほとんど裸の三位中将――十九だが歳より幼く見える青年は、忘我の体で弛緩していた。わずかに顔に血を滲ませていたが些細な怪我だろう。かろうじて烏帽子を着けているのが幸いだ。

それが知己の祐高と純直がやって来ると、露骨に安堵した。呆れた話だ。

「助けてくれ、祐高卿！」

「――わたしたちは結構ゆっくり来たのになぜ衣を着ていない？　身なりを整える時間はあったはずだが」

「皆が恐れて着せてくれない！　従者は悲鳴を上げて出ていってしまったきりなのだ」

と三位中将は今更手で顔を覆った。――従者にまで見捨てられたのか。気の毒になってきた。

信濃守の邸では東の対の塗籠を総領娘の寝室としていた。外への妻戸は閉ざされていて少し暗い。開け放とうとも思ったが、三位中将がこの格好では。

死者の出た家で床に座ると死穢が移るので、純直は立ったまま腰を屈めて女の骸を見ていた。骸は青ざめてぐったりして単衣の胸もとに血が滲んでいたが、胸には傷はないらしい。首に手の痕が赤く痣のように残っているだけで。

少将純直はまだ十七歳の初々しい少年だったが、亡骸がさほど不気味でないせいか顔色を変えもしなかった。猟犬ぶって獲物の匂いを嗅ぐ仔犬のようだった。

「こちらの総領娘、白雪の君と聞きます。——中将さま、正直におっしゃってくれれば頓死ということにして、わたしと祐高さまで信濃守に因果を含めますが。任国にいるので手紙で知らせる?」

「わたしもか。まあ来てしまったからにはそうするしかないのか」

「首を絞めたというのは人聞きが悪いから、少し押したら女がよろけて脇息で頭を打ったということにしましょうか」

三位以上の公卿はそう簡単に処罰できない。殺人であっても示談だ。思うところがなくはないが世の中はそういうことになっていて、友人の代わりに詫びるのも検非違使別当の役目と言えばそうだ——

「違うと言うのに! おれの話を聞け!」

三位中将は祐高の直衣の裾を引っ張った。着付けが崩れるのでやめてほしい。

「今朝起きたらもうこうなっていたのだ、おれにもわからん! 大体、おれには殺す理由がない! 白雪はいい女だ! 中の君が宇治から戻ってこないから、こちらを正妻にしようかと思っていたくらいだ!」

「理由がなくても首くらい絞めるんじゃないですか」

純直がしれっと恐ろしいことを言った。

「床で女の首を絞めると下も締まると言いますね。誰かがおっしゃってました」

「それで首を絞めて楽しんでいたらやりすぎて?」

祐高もげんなりするが世の男はそんなものだと——

「違う！　それを言っていたのは弾正尹大納言さまだ！　おれじゃない！」

三位中将は必死の形相で喚いた。——謝ればいいのにこんなに抵抗するだろうか。

正直、荒三位はいい噂がない。下人相手に自慢の太刀の試し斬りをして知らんふりをしているとか、大路の盗賊を迎え撃って鴨川に沈めたとか。いずれも彼の身分では大した罪にならないので深く追及していないだけで。

しかし噂の被害者は大抵、男なので通っている女を殺すというのはしっくりしない。女に無体をしたのを武勇伝として語るたちではなかった。

正妻・中の君が宇治に隠遁して別居しているのも病気療養で彼が乱暴なせいではない。乱暴なせいではないが、近頃「六条の受領の娘が美味い飯を食わせてくれる」と言っていた。それがこの白雪の君だ。正妻の父に悪いとも思わずに堂々とつき合っていた。妻が病気療養中なら身を慎めというのが正論だが「世の中そういうものにしても、もう少し隠せ」というのが世論だった。

鼻つまみ者ではあったが本気で疎まれているわけではない。少なくともこの家では歓迎されていた。女が脱いだ色鮮やかな衣装やひっくり返った銀の酒盃を見て思った。女の方は美しく化粧し、着飾って彼を迎えたのだ。

聞き流すのも惨いか。祐高はため息をついた。

「一応、中将さまの言い分も聞いてみよう。恋人を喪ったばかりなのに、わたしたちがはなから疑って決めつけては気の毒だ」

「祐高卿は話がわかる！　我が心の兄弟だ！」

そう言われると、急に甘やかしてしまったような気になった。

「いいんですか、祐高さま」

「悪いというわけにもいくまい」

純直に尋ねられたが「やっぱりやめた」とも言えずにうなずいた。

いざ自分が喋る段になって、三位中将は悩み始めた。

「ええと、今朝は従者どもが騒いで、起きたらもう白雪はこの通りにひっくり返っていてだな。昨日は……昨日は内裏を辞してここに来て、その……何とかの魚と何とかの煮物と飯を食って酒を飲んで……酒を飲んで……」

頑張って思い出しているのだろうが特に聞く必要のない話をした。

「いや、待てよ」

うなずくが早いか、三位中将は女の亡骸のまだしなやかな足を押し開いた——

「何をする！」

咄嗟に祐高は見てはいけないと目を逸らし、顔も横に向けた。几帳の前に白黒の唐猫が紐でつながれていて、せっせと顔を洗っていたのが目に入った。助かったと思った。明るいところで女の股ぐらを見たら目が潰れると乳母に教えられた。忍に悪いような気もした。猫なら大丈夫だ。

その間も三位中将は聞き苦しい言いわけをしている。

「見てくれ！　男とまぐわった形跡がない！　おれは多分酒を飲んですぐに眠ってしまった！　まぐわいながら首を絞めてなどない！」

「……見せるか、普通。愛する女ではないのか」

猫の微笑ましさとはほど遠い。恋人を喪って気の毒と思った自分が馬鹿みたいだ。

純直の方は、目を逸らしていないのだろうか。

「祐高さまはそのまま見なくていいです、わたしが見ます」

と緊張した声だけが聞こえた。

「それもどうかと」

「誰か確かめなければなりません。首を絞めたと見せて、一見してわからないところを刃物で突いて殺したということもありえます。あまり大勢で見ても彼女が気の毒でしょう。真実を究明するためで、全くいやらしい気持ちはないと妻に誓います」

言われればもっともだ。身分の低い男に見せては辱めになる。高すぎてもまずい。純直がやたら凜々しい声でかしこまって宣言するのがかえっておかしいが。

障りになるかもしれないので祐高は直衣の袖で目も覆う、というか顔に貼りつけるようにして何も見えなくした。袖から忍の焚いてくれた香が甘く薫って申しわけなかった。

純直が高い声を上げる。

「……これは湯殿で清めてそのまま、男を迎えてはいないような気がします！　確かではないですがまぐわった証もないと！」

「そ、そうか」

「正直、明るいところで見たことがないのでよくわかりません！　不覚でした！」

……果たして京の男に見慣れた者がいるだろうか。女同士でも見せ合うものかどうか。

「いや待て。その女、なかなかに美しく化粧していたが」

はたと祐高は気づいた。

「顔を見れば男と睦み合ったかどうかはわかるではないか。口を吸えば紅がついて化粧が乱れる。中将さまは酔ったら口を吸わないのか。男がほおずりでもすれば女の顔は滅茶苦茶だ。その顔こそ湯殿で清めて化粧をしたまま。下にばかり用事があって口吸いもほおずりもしないというのはあまりに薄情だ。中将さまに衣も着せない者どもは、亡骸の顔を清めて死に化粧を施すなどするまい」

目隠しした男が言っても説得力がないと思ったが、三位中将は感心したようだった。

「いいことを言う、流石祐高卿！　そういう鋭い推理が聞きたかったのだ！　そう、おれは口を吸いともなく酔って寝てしまったのだ！」

一方で純直の声は訝しげだった。

「……祐高さまは忍さまのお顔を滅茶苦茶にしたことが？」

「聞くな純直。愛し合う男女にはいろいろあるのだ」

「中将さまは酒はお強いのに、正体をなくすのにどれだけ鯨飲なさったのです」

その後、純直が片づけたというので祐高はやっと顔を覆うのをやめた。亡骸の腰に女衣が一枚かかっていた。

「真面目に、この手の痕は妙ですよ」

と純直が骸の首に手を翳した。

「わたしのより小さい」

「おれのよりも小さいぞ」

三位中将も重ねるように手を伸ばした。

「それにこの手の痕、指がのど、手のひらが背中の方を向いていますよ。真正面から絞めたら指は背中側で親指や手のひらがのどの方に来るのでは」

「背後から絞めたと？」

祐高が尋ねると、

「ええと、失礼します、中将さま」

純直はうずくまった三位中将の背後に回り、首に手を伸ばして絞めるふりをした。三位中将は「ぎええ」と妙な声でうめいて純直の手を摑む。純直は首を傾げる。

「ううん。背後からまぐわいながら絞められるでしょうか」

「考えたくない」

「考えてくれ祐高卿、おれが人殺しになるかどうかの際なのだから」

どうも絵面が兄弟喧嘩みたいでふざけているようにしか見えないのだが。

「中将さまは恋人が儚(はかな)くなったばかりで涙にむせんだりせぬのか？」

「悲しいが今はそれどころではない、これが終わったら一人で泣く」

　答える態度が全然悲しくなさそうだ。邸の庭の池は何年かに一回水路を堰(せ)き止(と)めて干したりするが、涙はそんな自由自在に止めたり流したりできるのか。

「何にせよ背後から絞めたのなら中将さまはこの板敷(いたじき)で女の首を絞めてから、そちらの畳で一人寝ていたことになります」

「あるいは畳に亡骸があると狭苦しいから押し出したのかな。——いや待てよ、その髪」

　祐高はふと、亡骸の髪が気になった。身(み)の丈(たけ)より長く黒々として豊かな、見事な女髪。扇の先で指し示す。

「髪が襖障子の方に延びているぞ。畳にあった亡骸をそちらに引きずるなり押しのけるなりしたら、髪は畳の方を向いて身体(からだ)の下敷きになっているのではないか」

　本来は女髪は寝るときは軽くまとめて結わえたりする。寝ている間に絡まったら大変だし、身体の下敷きになると痛いらしい。

　襖障子は掛け金などかけていなかったのだろう。朝になって女君を起こしに来た女房が異変に気づいて別当邸に人をやったという。外への妻戸は夜中は錠で鎖(とざ)しておくのが無難(ぶなん)だが、内への襖障子は。主の部屋に鍵(かぎ)などかけたら面倒なばかりだ。

　襖障子の向こうは母屋(もや)——白雪の君に仕える女房たちが几帳を立てて眠っていた。外部の盗賊などが忍び入るのは無理だろうが、女房の兄弟や恋人など身内なら出入りできる。

女房本人も。

「亡骸が外から運び込まれたように見せるなど、中将さまの雑な……公明正大なお人柄でそのような小細工をなさるだろうか」

「他の犯人がよそで絞め殺して、襖障子から運び入れたとおっしゃいますか」

純直は眉をひそめ、小芝居をやめて立ち上がった。

「中将さまは酔って眠っていたとのことですが、他に犯人がいるのなら亡骸を引きずってきたのでは？　襖障子も開け閉めしましたね？　足音で目覚めなかったのですか？」

「それだ」

三位中将は額に手を当てた。

「そもそもおれはあまり酒に酔わないのに、ふっつりと中途で何もわからなくなっている。ゆうべのことを思い出そうとしても曖昧でもやもやするばかりだ。何やら頭も痛い。おれは酒が強い方だと思っていたのに、こんなのは初めてだ。少し怖い。一升くらい飲んでも平気なのに腹の方はそんなにじゃぶじゃぶ飲んだ感じがしない」

彼らしくもなく物憂げだ。

確かに中将は酒が強い。酔っても少し陽気になるだけでほとんど変わらない。飲み比べで何人も負かして「飲ませるだけ無駄だ、下人用の安酒を薄めて飲ませておけ」と毒づかれるほど。

「——まさか、眠り薬でも盛られたとおっしゃるのですか？」

「そうかもしれん。口の中が苦いような……」

「この邸の者どもが中将さまに眠り薬を？　なぜ？」

純直はうさんくさそうに目を細めているが、祐高は少し思い当たった。

「そういえば盃（さかずき）があるのに酒を注ぐ瓶子（へいし）やら提子（ひさげ）やらがないぞ。酒肴（しゅこう）の皿や膳（ぜん）もない」

「床をのべるのに膳を下げたのでしょう」

「ならば酒盃も下げるべきであろう」

転がった銀の盃を拾い上げる。滑（なめ）らかに磨（みが）いてあって高級なものだ。

「これだけここにあるのは暗いうちに盃を落として小さな灯りでは見つけられなかったか、中将さまがしっかり握ったまま眠ってしまったか。この酒盃は中将さまが急に酔って寝てしまった証とならないか」

「論としては弱いですよ。酒盃だけで中将さまが眠り込んだかどうかは」

純直の方は亡骸の手を取り、爪（つめ）をじっと見ている。

「指の先がひどく汚れています」

――受領の娘は手が汚れるようなはした仕事をするものではないのに？

「先ほどわかったのですが首を絞められた者は懸命にもがいて、絞めている犯人を引っ掻きます。わたしたちのは遊びでしたが生きるの死ぬのでは手加減など吹っ飛んでしまうでしょう。――犯人の血肉が爪に詰まっているのです。当人には傷がないのに胸に血が滴（したた）っているのはなぜかと思いましたが、どうやら犯人の血です」

血の色と聞いて祐高は背中が寒くなる。自分の血が流れたようだ。

「しとやかな姫であっても首を絞められれば必死に抵抗するか。痛ましい」

「恐らく犯人の身体にはかなり大きな引っ掻き傷があるかと――」

そうと聞いた途端、三位中将は立ち上がって単衣を脱ぎ捨てた――

「おれの身体に引っ掻き傷などないぞ！　よく見てくれ！」

「いちいち脱ぐな！」

男の裸もあまり見るものでないので祐高は軽く怯んで目を逸らした。三位中将は下帯まで脱ぐ勢いだった。

「あのう、ええと……お気づきでないのですか」

純直の声にも戸惑いの響きがあった。

「中将さま、お顔に……」

――今日ここに来たときから、三位中将の鼻柱には斜めに赤い筋が三本走っていた。

「陰陽寮より助が参りました。お部屋を清め、皆さまの御身をお清めいたします」

調度などをどけて放免どもが亡骸を運び出してやっと中将が直衣を着た頃に、家人がそう告げた――

陰陽寮といえば天文博士が馴染みだが、この日、塗籠に現れたのは小柄で神経質そうな老人だった。五十か六十か。見憶えがある。祐高の父が元気だった頃、陰陽師といえば彼だった。以前より髪が白く腰が曲がっているが。

まだ狩衣が馴染まない元服し立ての少年を従えていて、老人が背中を指でつつくと少年が代わりに喋る。

「これより陰陽助が清めの儀式を奉ります。ぼくは助さまの弟子でお手伝い、安倍太郎千枝松泰隆でございます。助さまは御高齢にて、ふつつかながらこの半人前が介添えいたします」

声変わりしていると思うのだが妙に甲高い声だ。老人と少年は白目がちな大きな目がそっくりで、親子なのか祖父と孫なのか微妙なところだ。

「安倍？　天文博士の身内か？」

思わず祐高が洩らすと、

「あの男の息子ですが橋の下で拾われてきたようなものです。陰陽寮に入ったからには助さまを補佐する一介の学生です。形ばかり元服いたしましたがまだ及第しておらぬ半人前、千枝松とお呼びくださいませ」

少年がものすごい早口でまくし立てた——自分の親を〝あの男〟と言い放ったのにぎょっとしたし、〝橋の下で拾われた〟という言い回しも謙遜というにはどぎつかった。

そういえば天文博士は息子が気難しくて刃向かうと言っていたような——親子なのに全然似ていない、天文博士はすらりとして儚げな風情なのに息子はいかにも小ずるい目つき

のちび――太郎ということは長男なのか？　まさか純直と同い年くらいなのか？　歳より
ずっと幼く見える――

祐高がびっくりしすぎて何も言えない間に、千枝松と連れの童子たちで手早く儀式の祭壇を組んで榊(さかき)や供えものを置いて、陰陽助とやらがしゃきっと腰を伸ばして紙に書かれた祭文を読み上げ始めた。千枝松とやらの高い声と違って、いがらっぽくかすれてはいるが低く堂々とした声でいかにもそれらしい。

読み終えて大幣(おおぬさ)を振ると陰陽助は足を開いて腰を落とし、膝(ひざ)に手を突き、片脚ずつ上げ下ろしして床を踏み鳴らし始めた。禹歩(うほ)といって彼らお得意のまじないだが、小柄な老人で目方など軽そうなのに床を踏み抜きそうな轟音(ごうおん)を立てる。裸足(はだし)でどんな風にしたらこんな音が。天文博士も禹歩を踏むがここまでの音はしない。邸の死穢を清めるというが、柱か床が傾きそうだ。

千枝松は読み終えた祭文の紙を引き取ったり大幣を手渡したり手際よく、手足が二本ずつでは足りない陰陽助の意のままに動いているようだった。

「儀式はこれにて終了ですが、皆々さまは何か気になる点などございますでしょうか。千枝松めが承ります」

禹歩が終わるとお辞儀をして、千枝松がまとめに入っていた。陰陽助は再び無口で腰の曲がった老人に戻っていた。

「天文博士はどうした？　近頃見かけないが」

「あやつは病気療養中です」

今度は自分の父親を〝あやつ〟呼ばわり——

「病気とはどこが悪い」

「浮気の虫です。死んでも治りません。あの弱虫はすぐに女のところに逃げます」

吐き捨てるのがまた怖かった。〝女〟とは自分の母ではないのか。

「大丈夫ですよ。あれが駄目でも天文博士の候補はおりますから。陰陽寮の天文は京の全てを見渡す星見の術師、空席になどしません」

「候補とはそなたか？」

「まさか、ぼくは未熟者ですよ。助さまの三郎君がとても優秀な得業生でいらっしゃいます。助さまこそ安倍の嫡流、ぼくら傍流は賑やかしに過ぎません」

……だんだん事情が飲み込めてきた。

多分、彼は父親に反発しすぎてあえて少し血縁の遠い陰陽助に師事しているのだろう。

時折見かける構図だ。

純直が面白そうに尋ねる。

「千枝松は天文博士の長男か？　そちも安倍晴明秘伝の〝蛙殺し〟ができるのか？」

「蛙殺し」

繰り返す調子が明らかに鼻で笑っていた。

「あんなものは猿楽の芸でございますが少将さまがご覧になりたいのなら五百匹でも殺し

てみせましょう」

「五百匹も殺したら片づけが大変だ、臭いだろうし。庭師がかわいそうだな。蛙もかわいそうか。洛中からいなくなる」

純直もおかしそうに笑った。祐高の知る〝蛙殺し〟の術で五百匹も殺せるわけがないが、千枝松はどういうつもりで大言壮語しているのだろうか。純直の方はこの独特の諧謔が肌に合うようだが。

「そちも占いをやるのか?」

「未熟者ですが、助さまの手を煩わせるほどでもない簡易なものならば承ります。非才の身ながら少将さまのお役に立てるなら光栄です——」

千枝松は深々と頭を下げた。

「ん」

と、そのまま腰を屈めて何か拾い上げた。

「何でしょう」

それは丸めた紙で——調度など他のものは除けたのにそれだけ片づけ損なったのか——

祐高は焦ったが、よく考えたら三位中将は女を抱かずに眠り込んでしまったのだ。ただ洟をかんだ紙なのか?

いずれにせよ千枝松はくしゃくしゃのそれを広げて——

「な、ふ、風紀紊乱な!」

途端に顔を真っ赤にしてわなないた。

その後、更に僧都の祈禱も受けてから帰ろうと車宿に向かうと、牛車に衛門督朝宣が座っていた——神出鬼没だ。

「な、なぜここに」

「死んだのが女と聞いて」

「耳が早いにもほどがあるぞ」

二十四歳にして京では名うての色男、今日も深緑に薄紫の艶やかな襲の直衣で気取っている。——かつては祐高の親友だったがいろいろあって殺してやろうと思い、なぜか果たせずに今に至る。線は細いのに美人薄命という言葉はこの男には当てはまらないらしい。

「何、死んだ女とは浅からぬ仲でな。今朝、乳母どもが泣いて駆け込んできた。おれしか頼りにならないのだなあ」

「……三位中将さまの恋人と聞いていたが、お前とも出来ていたのか？」

「無粋なことを聞くなよ」

——これだ。笑って言うことか。三位中将だけ余分に祈禱を受けていてこの場にいないからいいようなものの。

この男、友人の妻や恋人に並々ならぬ執着があるらしい。やはり祐高が斬って捨てていればこの世は少し平和になっていたのではなかろうか。他にも彼の命を狙う者がいてしかるべきと思うがなぜ元気に生きているのだろう。

「それよりも事件の真相を聞かせろ、検非違使。おれはあれの乳母どもに泣いて取りすがられて真相を究明してくれと頼まれているのだ。おれは衛門府の者だから検非違使に顔が利くだろう、信濃守は留守で荒三位はきっとごまかして逃げるから仇を討ってくれと」

朝宣は軽薄に笑っていて、やはりとても恋人の死を悲しむ気配ではない。死んだ白雪の君は男の趣味が悪い。せめて一人ぐらいは泣け。

「そうか真相を究明……」

「いや、おれも太刀を取ってやつに斬りかかったりはしないぞ。しかし引き受けた以上は一応、乳母どもに何らかの成果を語って聞かせないと。荒三位が泣いて詫びていたとかそれらしく言い繕っておいてやるから」

実に勝手なことを言う——純直がふと、祐高の腕をつついた。

「朝宣さまが見た方がよかったのではないですか」

「ああ、そうだ。もう寺に運んでしまったか？」

「何だ？」

祐高は真面目なので何も悪びれず、堂々と言うことにした。

「死人の女陰だ。湯殿で清めたまま男とまぐわった形跡がないので、中将さまはゆうべ酔って寝てしまって何もしていない、無罪だと主張している。しかし誰もそんなものを明るいところで見たことがないので確証がない。淫欲に耽ったかどうか、京で最もその道に長けた朝宣卿が見て確かめてほしい」

――朝宣は。

生え際まで真っ青になって牛車の壁にもたれ、そのままずるずるとくずおれた。色男面もどこへやら、半ば気絶しているのか口が半開きだ。

即座に純直が大声を上げて人を呼び集める。

「誰か！　衛門督朝宣さまが死穢にあたられたぞ！　僧都か陰陽師！　千枝松、その辺にいないか！」

祐高は何だか馬鹿馬鹿しかった。

「純情なやつだな……亡骸がここにあるわけでもないのに」

一体これでどうやって真相を究明するつもりだったのか問いただしたい。

2

二郎は最近、寝返りをよく打つようになった。

抱くと泣くからと祐高は遠慮していたが、やや子は泣くのも仕事、人慣れさせるためにも父親が抱けと押しつけた。小さな身体だが、近頃は骨が生えてしっかりして重くなった。産まれたばかりはぐにゃぐにゃの肉だったが日に日に人になっていく。

今日は泣かない代わりに祐高の直衣の首の留め紐のところをほどいてしゃぶる。おかげで胸もとがはだけて下襲が見える。

「二郎、お父さまの衣は食べものではない。すまんな、お父さまは乳が出ないのだ」

まだ言葉は喋れないが、話しかけた方が賢くなるそうだ。祐高はぼんやり話している。

「お父さまとお前と、京を追われて二人で離れ小島にでも流されてしまったらどうしようなあ。お前に食べさせてやれるものがない。……お父さまは手でも切って血を飲ませるくらいしか……水だけよりは血の方が……少しは滋養が……」

「不気味な話をしていないで。離れ小島って何よ」

忍は水を差したくはなかったが堪えきれなかった。

邸の北の対は勿論、離れ小島などではない。夕暮れの今はまだ格子戸も蔀戸も開け放って爽やかな夏の風を取り入れている。戸を開けていると遣水の流れる音がさらさらと心地よく、二郎も機嫌よく祐高の直衣の紐をしゃぶってだあだあと言葉にならない笑い声を上げていた。涎を垂らして笑っていると下唇の裏側にほくろがあるのが見える。きちんと人相見に見てもらわなければならないが、忍は吉相だと思っている。

「二郎が吸いつくから。乳をやった方がよくないか」

「さっき飲ませたばかりなのに。そろそろ歯が生えるから口がむずむずするのかしら」

忍は横から二郎に笑いかけ、手を振ってやる。やや子の笑みを見ているとなぜだかこちらも笑んでしまう。

「二郎、早く大きくなってわたしを養って。二人で離れ小島に流されたら二郎がわたしに食べものを持ってきてね」

「子にすがるつもりか」

「女の宿命ですもの。家にあっては父に従い、嫁しては夫に従い、老いては子に従う。太郎にすがってもいいけれど」

六歳の太郎の方が離れ小島では頼りになるだろうか。魚釣りくらいはできるだろう。小鳥だって捕まえられそうだ。忍は背丈より長く髪を伸ばし五衣を着ているのでどちらも無理だ。貴女は食べもののためにあくせく働いたりしないのだ。

「ありもしない離れ小島より、今日のお勤めの話は？　荒三位殿が大変とか」

「二郎の前でする話か」

「どうせわかりはしないわよ。二郎も検非違使庁に勤めるなら今のうちから慣らしておきましょう」

「勝手な言い草だ。今日はもう十分に直衣の味を堪能したろう、二郎。乳母のところに行きなさい」

結局祐高は乳母に二郎を預けて下がらせ、それから信濃守の邸でのことを語った。

白雪の君の亡骸、酔って眠り込んでいたという三位中将、乱れていない化粧、背後からの絞め痕、襖障子の方に延びた髪、酒盃、爪に残った血肉、中将の顔の傷――

「だがわたしが思うに中将さまの顔の傷は猫によるものだと。あの部屋には唐猫がいた。

中将さまが白雪の君にやったもので名は小鏡。畏れ多くも主上の御飼い猫の弟で、背中が白いので中将さまに賜ったという」

　唐猫を飼うのは京の貴族の高尚な趣味だ。帝の寵愛を受け、高位の身分を得た猫もいるという。鼠から経典や穀物を守るとして大昔に遣唐使船に乗って日の本に来た。親猫が産んだ仔を皇族や上流貴族で譲り合っていて、忍も一匹ほしいと思うがなかなか順番が回ってこない。

「絞め殺されようという人が今際のきわに渾身の力を振り絞って引っ掻いたにしては、中将さまのお顔の傷は細い。浅くて、そんなに痛くもないのではないか。人の爪は猫ほど尖っていないのだからもっと幅広の傷がつきそうなものだ。——中将さまは酔って眠り込んでしまい、女に無体していないとおっしゃったが、猫には無体して引っ掻かれて忘れておられるのではないか。強引にほおずりなどして抵抗されたらあなるのではないかと。猫は己の手を舐めるのか、爪に中将さまの血肉がついていたりはしなかったが」

「それに後ろから首を絞められて、犯人の顔に手が届くかしら？　ちょっとあなた、わたしの首を絞めてみて」

　忍が提案すると祐高は口もとを歪めた。

「あなたの首を絞めるなど。わたしにそんな趣味はない。誰にもそんなことはしない」

「ふりでよいのよ、手を首に当てるだけ」

せがんでやっと、祐高は立ち上がった。忍も立ち上がる。背後から祐高が忍の首に手を当てる。

「とう」

忍は右腕を振り上げたが、袖が重くてあまり上がらなかった。——祐高の顔を狙ったつもりだが手応えはなかった。

「避けた？」

「避けた」

引き続き右手を振ってみるが、やはり祐高の顔には当たらない。忍は人をぶつような真似をしたことがないから下手くそだろうが、受領の娘も非力なはずだ。

「首を絞められては後ろは向けないし、頭の後ろに目はないから勘で振り回すしかないし。ならやっぱりこうなのかしら」

左手で祐高の手に触れた。手の甲を横切るように指先でなぞる。

「絞める手は肌に触れているのだからここを狙うのが確実だわ。咄嗟に引き剝がそうともするでしょうし。犯人も、血が出るほど引っ搔かれても手だけは離せない。犯人の顔を引っ搔いても死人の胸もとに血は垂れないし」

「満足したか？」

「大体」

ということで二人とも、元通り高麗縁の畳に座す。

「だが使庁の官で邸中の者を調べたが、そんな引っ搔き傷のある者はいなかったのだ。切り傷や打ち身や火傷（やけど）なら多少いたが、見間違えはするまい」

「外に逃げてしまったということは？」

「わたしと純直が着いた後は誰も外に出さないよう言いつけた。引っ掻き傷と言えるのは中将さまのお顔のものだけ。実に不可解だ」

「ううん、みみず腫（ば）れ程度なら白粉でごまかせるとしても血が出るような傷を隠すのは難しいわね。それは少し置いておくとして——受領は荒三位殿に眠り薬など、どうして？」

逆ならわからなくもない。男が意のままにならない女に一服盛って、動けないうちに想いを遂げるとか。

しかし女はそういうわけにいかないだろう。男を部屋で眠らせて何かあったように装う、というのはまだ恋人でない段階ならそれなりの既成事実になるのだろうが三位中将と白雪の君は既に周知の仲だった。

邸に招いているのに、寝ている間に金品を盗んだりしたらすぐばれるだろうし——

「衛門督朝宣と荒三位殿の板挟みになった女が、これ以上荒三位殿に触れられないように薬で動けなくしたとか？　まさか白雪の君の側近が白雪の君を恨んでいて、公卿の荒三位殿なら追及されても示談になると踏んで罪をなすりつけたとか」

「それだが、純直が恐ろしいことを言う」

祐高の表情は暗かった。

「わたしは憎い男が装束を解いて酔って寝ていたら、そちらを絞め殺しますね。罪を着せるだけなど生ぬるい。絞め殺すと言わず、太刀で膾にします。あの荒三位さまよりもそばにいる女如きが憎いなんてありますか」

「はは、そんなにか。青春を謳歌しているな。それほど人を恨めるというのはまことの恋より貴重かもな。おれも手伝ってやるぞ。膾にしている間、見張りが必要だろう」

「生きているというだけで中将さまは怪しいです。眠らされただけなんて信じられるものですか。白雪の君を恨んで殺めた者は、彼女には薬を盛らなかったのですか？　あれほど抵抗したということは起きていたと思います」

「朝宣は笑っていたがわたしには冗談とは思えず……あれはすっかり荒んでしまった。どうしたらいいのだ、わたしは」

「す、純直さまはそんなに……」

「ましになってくれないかと思うが日に日にやさぐれていく。わたしが詫びても逆撫でするだけのような気がするし」

忍も返事に詰まる。純直が憎む相手など一人しかいない。忍も全く関係ないわけではない――いや関係はないのだが事情が込み入っていて、気まずい。

「まあ眠り薬ではなかったようなのだがな」

「三位殿が酔って寝ていたというのは嘘なの？」

「いや。……詳しく説明したいのはやまやまだが忍さまに見せるのは憚られる……」

「え、見せるって何。見たい。隠しごとなんかなさらないで。血腥いものは平気よ」

「そういうことではなく……」

祐高は何やらもごもご言っていたが、しばらくして決意を固めたのか、仏頂面で袂から何か出した。料紙だろうか。板敷の床に置いてから忍の方に向ける。

一度くしゃくしゃに丸めたのか、皺の寄った紙に絵が描かれていた。

天人なのだろうか。天竺なのか波斯国風なのか、衣とも呼べない布をまとった美男美女が立ったまま向き合い、抱き合っている。

女が太腿を掴まれて片脚を上げているのが扇情的で、服を着て立ったまま横からの図なのに、なぜだか男女の淫欲に溺れる部分が鮮やかに活写されていた。そこが隠れないなんてどんな衣服だ。顔はのっぺりしているのにそこは赤い顔料も使って血管が浮かび上がったさままで精緻に描かれていた。流石にこれは予想外で言葉を失った。

「……何?」

「偃息図というのか? 現場の塗籠に転がっていて。――どうやら媚薬の使用法らしい」

絵の下に字が書かれている。

〝愛欲天大雛童子様之比名湯　酒以服事此精力絶倫也　男女回春　子授　子流　変成男子自在也〟

「〝あいよくてんおおひなどうじさまのひなとう〟……〝だいすう〟……? 音読、訓読、どっち？」

「よくわからぬが都合のいいことばかり書いてある。近頃流行りの媚薬だそうだ。〝へんせいだんし〟……とは何だ」

「〝へんじょうなんし〟――御仏の教えでは女は一度、男に生まれ変わってから成仏するということよ。子授けとか書いてあるから、孕み女のお腹の中のやや子を男に変える術のことだと思うけれど」

それで祐高は苦み走った顔をした。

「そんなことができるのか？」

「お妃さまが御子をお産みになるときは、僧正さまなどが祈禱をするわ。男でありますようにって」

「祈禱で変わるようなものなのかわからんが……高徳の僧しかできないような秘術をその辺でほいほい売っているのはいいこととは思えんな」

「子授けと子流しを並べて書いてあるのもおかしいわ。一つの薬で、どうやってどちらか選ぶの？」

「いずれにせよこの薬は出来損ないだったようだが。捜したらよその部屋にいくらか残っていて、典薬寮の薬師に見せたら干したきのこと薬草を砕いて混ぜたものだと。本来、酒に混ぜて飲むと淫らな夢を見て楽しみが増すという効果なのだろうが、調合をしくじったのか下手くそなのか眠り薬として作用してしまったようだ。試しに、飲んでみたいという下人を募って飲ませてみたら五人が五人とも昏倒した。同じすり鉢で調合した分は全て失敗であろうと」

その話に忍は呆れた。

「……荒三位殿が飲んで倒れたのに、五人も飲んでみたいという人が……？　自分は大丈夫と思ったの？」

「下の欲求は計り知れんな」

祐高は飄々として他人ごとという顔だ。

「理屈では成り立つが、上手く調合するのは腕のいい薬師でも難しいそうだ。――子宝を授かるというのはわからぬ。神仏がお授けになるもの、薬でどうにかなるのなら苦労はない、との話だ」

「そうでしょうねえ」

「試してみるわけにいかんし。――朝宣もよく知っていた。とある女のところで出されたそうだ」

「……衛門督も昏倒したの？」

「いやあ、それが」

「荒三位は一服盛られたか。女が出す飯など食うからだ」

朝宣は馬鹿にしたようだったが――妙な話の後なので、女が神話の大宜都比売の如く身のうちから馳走を出して並べたように聞こえる。

「おれも出されたことがある。恋人が天人に見え、生きながら極楽浄土に至る秘薬だと。その絵と大体同じだった。写したのだろう」

「そ、それでどうなった」

「そんな薬に頼らねばこのおれが天人に見えないとは何ごとだ！」

勢いよく断言した。

「おれの見せる浄土で満足しないとは侮っているし強欲極まりない。その場で別れて次の女の家に行った。それきり会っていないから仔細は知らん」

「もしかして清々しい男なのか、お前は。何だかとても賢いやつのような気がしてきた」

「どのみち強壮剤など自分に自信のない年寄りが使うものだ。若いおれたちに小細工など無用だ」

「あらゆる小細工を使うくせに薬だけはやらないらしい。あれの美学はよくわからん」

「二、三回昏倒していればよかったのに。世の中うまくいかないものね」

何なら衛門督朝宣こそ太刀で膾にされればよかったのに。

「自在に人を眠らせる薬……薬は使庁で取り締まるものだろうか？」

「悪事の役に立ちそうよ、盗みに拐かしに手籠め……いいことに役立てる方が難しそうだわ。寝ている間に虫歯を抜いたら少しは楽かしら？」

「ううむ、盗みや拐かしや手籠めは罪だが薬の取引そのものはな。やや子の手や生き肝などは御禁制だが、きのこと薬草は……調合した者をいんちき薬師として捕縛？　よからぬ薬をばらまいて世の中を乱していたら捕縛すべきなのか？　中将さまほどの高級貴族を昏倒せしめたのは罪であるし」

祐高は頰杖をついて考え込んでいた。検非違使庁は何でもありではないらしい。

「ただしこの絵は風紀紊乱だ」

と絵の端を指で小突いた。

「男女の和合は神聖なもの、ちゃんとした絵仏師の筆によるものならともかく安易に情欲をかき立てるのはよろしくない。この薬は女人に不埒なことをするには便利だ」

祐高がしかつめらしい顔をするのが何だか笑える。

「天文博士の長男が、鼻血を出して大変でな……ええと千枝松だったか。元服しているのに幼名を使っている変わり者で、天文博士に全然似ていない」

「千枝松なら見たことがあるわ」

忍は千枝松の名が祐高の口から出たのに驚いた。ギョロ目で小柄でこまっしゃくれた口を利く少年はこのところ、別当邸で注目を集める人物だった。

「知っているのか？」

「最近、天文博士が来ないから葛城があちらに手紙を出したら、千枝松が代わりに来たの。父親を不倫に誘うのはやめてくれって」

「む、息子が怒鳴り込んでくるとは修羅場だな」

　忍づきの女房の葛城が天文博士相手に報われない恋をしているのは祐高も知るところだった。報われないのに息子だけ怒鳴り込んできたのが傑作だった。たとえ成就していても出入りの陰陽師と女房は言うほど不倫ではない。

「葛城はどうしたらいいのか、おろおろしてとりあえず餅やら枇杷やら出したら何を勘違いしたのかそれ以来、うちにおやつを食べに来るようになってしまったの。葛城にたかっているのかしら。日が暮れる前には帰るからつき合っているわけでもないみたいだけど」

「……おかしな子だな……」

「まじない師に恩を売って損はないから。女房が髪を洗う吉日とか占ってくれるし。市をうろついている法師陰陽師よりは出来がいいみたいだし、食べものでお礼すればいいから天文博士本人より安く上がって重宝しているわ」

　陰陽寮の陰陽師は十人そこそこで京の貴族たちの世話を焼いているので多忙だ。人気の天文博士は公卿の祐高が呼びつけるとすぐ来るが、忍づきの女房くらいでは後回しにされてしまう。この際、正式の陰陽師でなくてもいいから相談に乗ってほしいということは多々あるらしかった。

「天文博士は葛城のところにも顔を出していないのか。病気療養と聞くが、心配だな」

「千枝松はごまかすしよそでも言っていないし、何の病気かよくわからないのよね。あの人を見かけないと何か悪いことをしでかしていそうで気が抜けないわ」

「ひどい言い草だ」

「――千枝松は自分で女嫌いだと言っていたけど、この絵で鼻血をねぇ……」

忍は絵を見下ろした。身体に対して秘部だけ異様に大きいので釣り合いが取れず強引な絵だった。この男女は日頃まともに歩けるのだろうか。

女房伝いに似たようなものが回ってくることがあるから彼女は鼻血を出さないが――

そこではたと気づいた。

祐高は鼻血を出さないのか？

祐高の様子を上目遣いに見ると、軽く目を逸らしてはいるがさほど恥じらってはない。

絵とはいえ、見慣れている？　忍は明るいところで見せた憶えなどないのに？

神聖で、ちゃんとした絵仏師の筆によるものとは？

忍のところに回ってくるのは、女房が夫や恋人にもらったものだ――人聞きが悪いから自分で描いたのに「恋人がこんなものを押しつけてくるんですよ、嫌ですねぇ」とか空々しく言っているのかもしれないが。

大抵「疲れているとき、こうすると男君は手っ取り早く満足する」という豆知識が添えられている。「月のものではないのに血が出るときはこの薬を飲め」とか。

考えたこともなかったが、男にもそういうものが回ってくる？

「……忍さま」

祐高は祐高で急に顔を引き締めていた。目が据わっている。

「あまり驚かなかったが、まさかこのようなもの、見たことがあるのか？　口を利いてくれなくなったりするのではと心配していたが、平気そうだな？」

どうやら夫婦で同じことに思い至ったらしかった。——まずい。

「ち、違うのよ、いやらしいことばかりではないの。女は女で知っておかなければならないことがあるの。自分で労らなければ誰も助けてはくれないから」

妙に早口になってしまった。

•

「——祐高さまこそ〝ちゃんとした絵仏師の筆によるもの〟って何？」

「え、縁起がいいものだから。男女の和合は五穀豊穣をもたらす。この国の始まりも伊弉諾と伊弉冉の交わりからだ！　陰陽の象徴を神の護符とすることもある。それこそいやらしいことばかりではない。宇宙の真理だ」

祐高も早口だ。小難しい言い回しを使う辺り、後ろめたい匂いがぷんぷんする。

「そ、それにその、忍さまが子ができないと悩んでいたときがあったではないか。わたしのせいなら申しわけないと、勉強をしたのだ、勉強！　夫婦として子をもうけるのは先祖への孝養、ちゃんとした書物にもあたったが文だけではわからないところを絵図で。理屈を確かめて間違いのないように」

「わ、わたしだって純情なばかりじゃ三人も子を育てられないのよ。女の身体は目に見えないことが多くて難しいの！　女同士助け合って生きていくための知恵なのよ！」

「生きていくための知恵、そう、生きるために必要だった！　愛欲がなければ人種が絶える、おろそかにしてはいけない。男だって見た目ほどわかりやすくないぞ。断じて興味本位ではない！」

「乳母が教えてくれることだけでは足りないの！」

二人でまくし立てていて、忍はふと気づいた。

「あれ。待って。傷のある犯人が見つからなかったって、もしかして」

「話を逸らすな！　よいか、男女の和合は陰陽の理に基づくもので、子をなすばかりでなく陰陽の気を整えて不老長寿をもたらし」

「もう言いわけはいいから。お互い、子供ではないのだからいろいろあるということでよしとしましょう」

「よくない！　わたしは助平だが、それは必要があってのことで――」

忍は我に返ったが、祐高は興奮して唾を飛ばして同じことばかり繰り返していた。

3

いつまでもみっともないことをしていたので、真相を確かめるのは翌日になった。

「邸中の者に引っ掻き傷がないか調べたと言うけど、調べていないところがあるわよ」

事件の日、祐高と純直が邸に行ってからは誰も外に出ないよう言いつけたが、そもそも信濃守の邸から祐高を呼びに来た者がいるのだ――

それに邸から外に出た者が他にもいた。

「検めさせてくれ」

祐高はそう頼むことになった。

衛門督朝宣に。

といっても彼本人ではなく――

その人物は「主を喪っては戻っても仕方がない、ここで働かせてくれないか」と朝宣の邸に居座ろうとしていた。

手に深い引っ掻き傷があるのに、膏薬を塗って布を巻いていた――

それは「真相を究明し、仇を討ってくれ」と駆け込んできた白雪の君の乳母の、つき人だった。

乳母も一人で市女笠をかぶって大路を走って朝宣のもとにやって来たわけではなかった。白雪の君のそば近くに仕える女房をお伴に連れてきていた。

主の仇だとも知らずに。

手の傷を検められると、女は観念して寝殿まで引き出されてきた。一緒に来た乳母は卒倒してしまったそうだ。

見た目は普通の貴族の女房で、装束の袖が長いので手は指の先しか見えない――

袖をめくってみると、渾身の力で引っ掻かれた手はぼろぼろで手の甲だけでなく手首の辺りにも傷があり、幅広で肉が深く抉られていた。出血こそ止まっていたが膏薬を塗っても一日や二日で癒えるものではなく、白粉程度では隠せそうもなかった。

これを見た後では荒三位の顔の傷はいかにもかすり傷だった。彼は何もしていないのに猫の方が冗談で三位中将ともあろう高位の貴族を軽くひっぱたいたのかもしれなかった。唾でもつけていれば治るだろう。

「女人の身で女主人を殺めるとは、一体何があった」

動かぬ証拠を見ても純直は信じられないようだった。何せ相手は長い女髪を垂らして色鮮やかで重たげな装束をまとった若い女だ。化粧もして、甘い目もとがそれなりに可憐でもあった。板敷に座らされてうなだれていた。

「あの女……三位中将さまと衛門督朝宣さまと二股をかけるなんて許せなくて！　中将さまは立派な男君なのに何が足りないというのか！　唐猫までいただいたのに！」

それがここまで来ると肚が据わったというか、肚に据えかねたというか。顔をしかめて高い声を荒らげた。

「あの女、中将さまにいかがわしい薬まで盛って！　自分で酔っぱらうならともかく中将さまが寝入ってしまって起きないとか言い出して。中将さままで試して気づかないなら朝宣さまにもお出しするつもりだったそうです。夜中に困った、どうしようなんて言っているのを聞いていたら腹が立って首を絞めて、気づいたときには死んでいました。中将さまのお隣に骸を寝かせるのは申しわけなくて」

まくし立てるのに祐高も純直もすっかり怯んでしまった——

母屋には他にも女房たちが几帳を立てて寝ていたが、「ああ、荒三位さまが夜中に賑やかにしていらっしゃる」と思って、物音がしても特に誰も確かめていなかったそうだ。揃いも揃って「名指しで呼ばれたら起きよう」と思っていたとか。

そういえば彼女を見かけなかったが、無闇に人を疑うのはよくない、と遠慮してもいたらしい。

「逃げるつもりはなかったのですが、乳母さまが朝宣さまのところに行くと言うのでつい一緒に」

朝宣の名を唱えた途端、女の目つきが元のように甘くなり、熱を帯びた。

「朝宣さまのことは一瞬お見かけしたことがございましたが、噂に違わぬ男ぶり、惚れ惚れいたしました。あんなしょうもない女の何がいいのか、誤解なさっているのではないかと思っておりました。いえわたくし如きが申すのも何ですが、衛門督朝宣さまにおかれましてはいかなる障害をも乗り越える究極の愛を求めていらっしゃるとお聞きしておりますす。あの女は朝宣さまの美学には到底及びません。朝宣さまのお相手はもっと高貴で純情で美しくあるべきで……」

そんな綺麗な話か、いいように解釈して、知らないとは恐ろしいことだ——祐高は密かに恐れおののいていた。

この話は衛門督朝宣の邸の寝殿の庇の間で聞いたので、当然、主人である朝宣も同席していた。彼は女のように後ろの御簾の中に隠れていた。

「おい、究極の愛を求める男。薬を盛られそうになったのを守ってもらって、恩を感じないのか」

女が引き立てられていくと、祐高は御簾を振り返ってとげとげしくにらみつけた――

「お、恩だと」

「恩だろうが。あんなに深い傷を負って、乱暴だが健気な女だ。お前を慕っているようだが、想いに応えてやらんのか？　朴念仁のわたしですら憐れを誘われるほどだぞ」

「……人殺しの女だぞ？」

御簾の中は外からは影しか見えないが、その声を聞いただけで朝宣が縮み上がっているのがわかった。――御簾が上がっていればさぞ面白かったろうに。

「検非違使庁は鬼の棲処ではない、人情を解する。流刑に処する前に娑婆での遺恨を晴らしてやってもいいだろう。恋が叶えば反省して真面目に流刑地で服し、贖罪にも身が入るであろう」

「こ、恋とはまさか」

「死穢が恐ろしいなら尼寺でひと月ほど反省させ身を清めさせよう。お前を好いているなら逃げはすまい」

「い、いやいやいや、待て待て待て」

「待てとは何だ」

祐高はとてもいいことを思いついた気分になったので、その一言を声高に言い放った。

「衛門督朝宣は人殺しの女が恐ろしいのか」

「……お、恐ろしくはない！」

案の定、朝宣は見えている罠に飛び込んできた。

「女に恥をかかせるのは流儀に反する！」

そうして、彼はまんまと言質を取ったのだった。

帰りの牛車の中で純直が祐高をつついた。

「意地が悪いですよ、祐高さま。別に人殺しの女が恐ろしくてもいいじゃないですか」

「もとはと言えば朝宣が中将さまの恋人を寝取って女心を弄ぶからだ。人のものを盗む遊びでついに死人が出た。少し反省すればよい」

「どうかと思いますけどねえ」

「あれを野放しにしているとお前もどんな目に遭わされるか知れんぞ」

京の平安は自分にかかっている。祐高は最近、とみにそう思う。

禁じられた遊び

破滅はある日、突然にやって来た。


「祐高さま、今日はあまり食が進まないのねえ」

その日の夕餉の主菜は兎の炙り焼きだった。別棟に住む純直が食べたがるのでこんなものも出すようになった。祐高は、先月出したときは四つ足は穢れだ罪だけしからんと言いながら美味そうにばくばく食べていたのだが。

「――やはり隠しごとはできないな」

真向かいでひどく憶劫そうに漬けものと姫飯ばかり口に運んでいた祐高がそれで銀の箸を置き、盃を干した。

「忍さま、実は話しておかねばならないことがある」

告白のために酒が必要だったという風情だ。寂しそうな笑みは彼らしくもない。

「――兄上がわたしと皇女さまの縁組を考えている。御自分が女四の宮さまの降嫁を願い出るのに、わたしも女三の宮さまと娶せると。馬鹿げた話だ。まるでついでのように。誤解しないでくれ。わたしはお断りするつもりだ。もうわたしは兄上の命令に従うばかりの童ではない。このような無体を呑んでは皇女さまにもあなたにも失礼だ。かつてはあなたとの縁を世間体のためだと言っていたが今は違う。わたしたちは家庭を築き子をもうけ、互いを唯一無二の伴侶として——」

忍はこの日を恐れていた。恐れすぎて何もないうちから愛を失うのが怖いと夫にすがって泣いてしまったりした——

予行をしすぎて、いざ本物の破滅が目の前に来ても全く実感が湧かなかった。

きっと祐高は忍が泣いているとき言い出せなくて今日まで黙っていたのだ——

だが今になって祐高が熱っぽく語っているのに、忍は自分一人すっかり立ち直って、もりもり肉を食べていたらまずいのではないか——気づいたものの箸が止まらない。不幸な事故だった。

生姜のすり潰したのと醤を混ぜて塗って焼いた兎は香ばしくて山鳥のように歯応えがある。卑しい味だ。脂が強くないのでいくらでもいける。しかし最近、食べる量が増えた。子を産んで太る女は多い。そろそろやめなければ。瓜なら水みたいなものだからもう少し食べてもいい？

悩む間も祐高はまだ語っている。心なしか涙声で。

「わたしはこの件で大臣さまや、主上に叛くことになるかもしれない。そもそも兄の意に反するのだから不孝、不忠のそしりは免れないだろう。だがわたしはいかなる責めを負うても、たとえ身分を失って諸国をさすらってもあなたと子らを守る……」

「そう」

そんなに思い詰めなくても、わたし女三の宮さまと上手くやっていくわよ——言いかけたが、瓜を口に押し込んで黙った。「諸国をさすらうなんてあなたはよくてもわたしは困るわ」など、頭の中に様々な禁句が浮かんでいた。思い悩まなくても祐高が二人目の妻を持てばいいだけなのでは？　こちらには三日に一度来てくれればいいから。

どうも食事が美味すぎる以上に、その前に大したわけもなく祐高に取りすがって泣いたとき、忍は涙と一緒に不安や悲しみの全てを押し流してしまったようだった。間が悪い。後で使うとわかっていたら少し残しておけばよかった。

「諸国をさすらったら、わたしたち、どうやって生きていけばいいのかしら」

瓜を嚙み砕いて飲み込んで、精一杯真面目ぶってそう言った。

「田畑を耕すことも憶えなければならんか」

「ではわたしは衣の洗い張りをするわ。どこへ行っても人は衣を着ているのだから」

「あなたを働かせるとは情けない」

「祐高さまこそ田畑を耕したりなんて」

「太刀を鋤鍬に持ち替えるよりない」

祐高は自分で盃に酒を注いでいて、冗談だと気づかなかった。

忍は。

「――何てこと、わたしのために義兄上さまに逆らって上意に叛く。あの祐高さまが」

お腹もいっぱいになったことだし、これはこういう遊びなのだと思い込んで楽しむことにした。不幸なお姫さまになりきるのは好きだ。

「真面目な堅物と言われていた祐高さまが凋落なさるなんて。何が良妻賢母よ、わたしこそ天下の悪女ではないの」

悲しげに袖で口を覆う、ふりをして紅が乱れないよう軽く懐紙の端でちょんちょんと口もとの脂などを拭った。

「いっそわたしさえ実家に帰れば義兄上さまも許してくださいましょう。子らの命を取ったりはなさらないでしょう」

「ならんならん、あなたに悪いところは一つもないのだ」

祐高は忍の隣にやって来て彼女をかき抱いた。

「兄上はわたしの愚かさを責めているのに、あなたと別れさせようというのは筋違いだ」

「けれどもこの世にたった二人の御兄弟を仲違いさせてしまうなんて」

「兄に疎まれるのは神代の昔より弟の宿命である。気に病んでくれるな」

「祐高さま……」

忍は気分を作って夫の胸に頭をもたせかける。瓜のおかげで口がさっぱりしていた。

「京を離れるなら海のそばに行きたい。潮騒を聞きながら縫いものをするの。光源氏のように一人で行っては駄目よ、わたしもお連れになって」

「一緒に行こう。この世の果てでも。海のそばか。あなたは家で縫いものをして、わたしは浜で藻塩を焼き、海松を拾い、漁に出よう。きっとあなたの縫う衣は高く売れる」

「祐高さま、どうせなら夜光貝を拾いなさいよ。名前が綺麗よ。螺鈿細工に使うの。貝をいくつも拾ううちに皆さま、許してくださるわ」

「いくつ拾えば許されるだろうな。兄上の邸を螺鈿で満たす頃にはわたしは老人になっているな」

「許された瞬間にわたしたち、夢のように若返るのよ」

彼の背に手を回しながら顔だけうつむいた——兎の炙り焼きに生姜を効かせすぎた。口から臭ったら台なしだ。祐高もたくさん食べていれば「お互いさま」で済んだのに。泣き真似でうまく顔を背けて吐息がかからないようにする。

「太郎は外で漁師の子らと遊ぶでしょうけど、姫はきちんと邸で京の話をして育てなければね。いつかあの子だけでも許されて京に戻って、玉鬘のように皆に歓迎される。そのときのために……」

「太郎もいつか許されたときのために読み書きだけは教えねば。二郎は京のことを憶えていられないだろう。あの子らにはかわいそうなことを。わたしが情けないばかりに」

「きっと皆わかってくれるわ」

新発見だが、不幸に酔いしれて泣くのは楽しい。旅の予定を立てるのも楽しい。

流刑を言い渡される前夜は楽しい。

この新しい遊びは大層はかどった。


「でも一度くらいは実家に帰った方がいいのかしら、世間体としては」

翌日、祐高を内裏に送り出した後、忍は桜花相手にこぼした。桜花は忍のいとこで別当邸に居候していて、何かと話し相手になってもらっていた。

「祐高さまがお断りするというのに甘えているのは女として驕っていると思われてしまう。夫が皇女殿下の聟君となられるのはめでたいことだし、よき妻ならば夫の出世のため一度は身を引いてみせた方が」

「……忍さま、そんな」

「義兄上さまの面目を潰して皇女さまに恥をかかせてわたしだけ悠長に京で二番目に幸せな女でございと胡座をかいていたのでは世の人が納得しないでしょう。出る杭は打たれるのよ」

忍は朝食もしっかり食べたのに胡桃をぼりぼりかじっていた。

「どうせ祐高さまが追いかけてきて連れ戻されるのよ。ふりよ、ふり。それくらいはしないと本当に悪女と指さされてしまうわ。そんなの真に受けるのは祐高さまだけだとしても体裁は取り繕わないと」

胡桃は黒髪を艶やかに美しくするという。貴女は長い髪を美しく保たなければ。椿油をつけて梳ったりしているが、中からも栄養補給する。

「義兄上さまはいつ皇女降嫁を願い出るのかしら。きちんと世間の噂になったときに家を出ないと。お芝居なのだから。捨てられた女が慎ましく家を出るときの衣って何色を着るべきなのかしら。実家よりも山寺に籠もってみる？　そうだわ、お歌を詠んでおかないと。祐高さまが本気で落ち込まないようにお歌の解説もつけておかないと。横で誰か読んでさしあげて。大変だわ。桜花も手伝って。それとなく冗談を取り混ぜておくの」

桜花の方は菓子盆の胡桃に手を伸ばさなかった。どうにも、戸惑っているようだった。

「忍さま、前におっしゃっていたことと違いますね？　夫君に他の女ができるのが怖いとお泣きになったではないですか」

「あんなに堂々と〝断るから安心しろ〟と言われたんじゃねえ。本当に断ってしまうんでしょう。女三の宮さまもお気の毒さま。義兄上さまが女をあてがって済む話ならねえ、とっくの昔に何とかなっているのよねえ。十七歳だっけ？　祐高さまもせめて顔なり垣間見てからお決めになればいいのにねえ」

「……信頼していらっしゃるのですね」

「お膳立てするほど逆効果なのよ、あの人。不思議。遊女や女房にさえ手をつけない方が皇女さまとどうにかなるなんて無理よ。多少綺麗で控えめな女が隅っこにいたくらいでは駄目。わたしの想像ではね、あの人が浮気なさるっていうのはいっそ男勝りで賊の首をねじ切るような女で、町中で暴れ牛に出会って助けられて……」

「いえ、いますけどね、暴れ牛。人の首をねじ切るような女というのはちょっと」

桜花が反応に困るほど忍が愛に驕っているのは確かだった。


その翌日に忍の鼻っ柱はへし折られた。思いがけない形で。


「大将はともかく別当祐高に皇女降嫁など無理だろう」

とてもあっさりと、帝の方が縁談を断っていた。

「大将は今の妻と女四の宮とどちらも冷遇することなくうまくやっていく自信があるのだろうが、別当はそんな器用な男ではない。忍の上とは比翼連理の鴛鴦夫婦と聞いている。三人目の子が産まれたばかりでまさにこの世の春。そんなところに女三の宮をやって、忍の上一人で十分だと顧みられなかったら恥さらしだ。妹がかわいそうだ。いや一人の妻に一途なのはいいことだぞ。別当はよき夫婦の絆を育んだのだろう。羨ましい。大将は弟の美点を潰そうとしている。冷静に考え直せ」

説教して、代わりに大将祐長の結婚話だけ認めたそうだ。――世間には妻がいながら何人も愛人を持っている男、何人も妻を持っている男もいたが、一人の女と添い遂げるというのはある種の尊敬を勝ち得るものらしかった。

かわいそうと言うものの帝は異母妹たちと年に何度も会わず、そんなに仲がいいはずはない。祐長は仲よく育った同母弟の気持ちを無視していたのに、帝の方は疎遠な異母妹を思いやっていたとは皮肉な話だ。

それが人の知るところとなると、口さがない噂が立った。

「大将祐長は策謀家だから、二つ提案すれば二つとも退けられることはない、どちらか許されると考えたのでは。自分の聟入りを承諾させるためにもう一つ、あえてありえない話を出した。あの男のやりそうなことではないか。しかし別当祐高に縁談とは笑えるな。諺にしてはどうだ、猫に砂金、馬の耳に念仏、別当祐高に縁談」

忍のところに噂が回ってくる頃には冗談交じりになっていた——「祐高卿は他に皇女の聟として不適なところがあったが、主上はそうはおっしゃらず忍の上のせいにしてことを丸く収めた」とか当の忍に言う人はいない。

そう、誰も真に受けていなかった。思い詰めて泣いていたのは祐高だけだった。

兄を許せない、もう袂を分かつしかないと気炎を吐いていた祐高は拍子抜けしていた。

「……本当に兄上は冗談でおっしゃっていた？　そう言われればそんな気も……いやごまかされてはいけない。兄上は忍さまにひどい仕打ちをなさったのだ。あの人が忍さまを軽んじて踏みにじったのに違いはないし、降嫁が容れられてそれで忍さまがつらい目に遭っても何とも思っていなかったのだ、きっと」

何やら一所懸命自分に言い聞かせていたが御聖断は覆らず、肩すかしを喰らった。

ということで忍は祐高と子らと諸国を流浪して生きるすべを検討しなくてよくなった。

めでたしめでたし――

となったのは、祐高と忍だけだった。

これを皮切りに京には波瀾が巻き起こった。

「では女三の宮さまはぜひわたしに御降嫁を！」

我こそは皇女殿下の聟たらんとかぐや姫のおとぎ話のように貴族の男たちが次々名乗りを上げ、女三の宮の母のもとに求婚の手紙が殺到したらしい。

その中には。

純直の父・左大臣が息子の名で書いたものがあったという――まだ官位が低いが年頃が釣り合い、独身であることを強調していた。

当然、純直に返事が来て即座に父の悪だくみがばれた。

大変だった。何せ、彼は桜花の聟で二人で居候している身。

「父上！　わたしには妻がいます、独身ではありません！　女三の宮さまに求婚などもってのほか！」

「うるさい、親が認めた結婚ではないのだから私通、野合だ！　子供のたわごとなど認めん！　お前は悪い女に騙されている！」

こちらが揉めてしまった。清涼殿で今度は親子喧嘩だ。

しかも純直が内裏で父を問いただすと、左大臣の口からはこんな言葉が飛び出した。

「そうだ、その女は別当祐高の邸に住んでいると言ったな。大将祐長のたくらんだことに違いない！　女を使ってお前の評判を落とす策だ。あやつのやりそうなことだ。まんまと罠にはめられたのだ、お前は！　目を醒ませ！」

純直の話は真正面から父親にへし折られた。

「今なら許してやるから帰ってこい！　お人好しの祐高卿もそうと知らず兄に謀られたのだろう。彼のことも責めはしない。別れろとも言わん、女は愛人にすればよい！」

左大臣は口角泡を飛ばして、純直を牛車に押し込んで実家に連れ戻す剣幕だったそうだ。どうやって逃れたものか、純直は這々の体で別当邸に帰ってきたが。

身一つで桜花のもとに帰ってきたものの、彼の新婚生活は父親からすれば〝家出〟だったことが発覚した。

人生の全てを否定されてしまった。

まだ若すぎるということで純直は女三の宮の聟にはならないだろうが、帝の妹姫は他にもいる。今回、名乗りを上げたのは次への布石なのだろう。

このままでは彼こそ愛を守るため諸国を流浪しなければならない。

祐高を狙った攻撃はことごとく流れ矢になって純直に当たった。

冷静に考えると何一つ祐高や忍のせいではないのだが、純直の精神安定は京の平安よりも重大だった。忍から見ても祐高本人が悩んでいるより遥かにまずかった。

何より、あんな相談をした桜花の方にこの仕打ち——親を亡くした桜花には帰るような実家はなく、山寺に籠もったりしたらそのまま純直と引き離されてしまう。気の利いた和歌など詠んでいる場合ではない。

桜花は非の打ちどころがない貴女だ。忍より一つ下の二十三歳、上品な美人で賢くて優しく、機転が利く。高貴の血筋でもある。

前の夫を亡くして純直とは再婚で、ちょっと手許不如意で左大臣の嫡男を派手に豪遊させるような余裕がなくて、出世させる手蔓もないだけだ——

淡々とした事実が最も容赦がなかった。

かつて〝陸奥の君〟という姫君がいた——ことになっている。それは忍の変名で女流作家・宰相のおもとによって悲劇の主人公に仕立てられていた。

想像上の架空の姫君でひどい目に遭わせても心が痛まなかった。

が、正反対に、楽しく遊んでいた事象で実際に不幸になった人がすぐそばに出現すると気まずくて迂闊にものも言えなくなる。自分が不幸になった方が遥かにましだった。

京で二番目に幸せな女と、京で二番目に不幸な女がうっかり同じ邸に住んでいるなんて運命は何て残酷なのか。

ということであんなに楽しかった「京を追われて海辺をさすらう祐高さまとわたし」は禁じ手になってしまった。

阿弥陀ヶ峰の人喰いの家

1

それは例によって、衛門督朝宣の噂から始まった。

京でも名うての色好みであるかの御仁が浮気心に誘われて犬を連れて洛外をそぞろに歩いていると、道端で寺参りの道中であろうか、二十そこそこの女が市女笠を取って切り株に腰かけて休んでいたのに出会った。

こんな郊外にいるにしては華やかに化粧している。眉をあまり整えていないのがかえって興をそそった。

女は彼が通りかかるのに気づくと、にこりと笑いかけた。満更でもなさそうだ。

彼も女に声をかけ、家に行くことになった。その辺りの木に犬をつないで。

女の家は藁葺きの粗末な小屋だったが、膳が出た。姫飯と鮎の塩辛と鮒の熟れ鮨。酒は安物だがこれはこれで趣があっていくらでも入る。

女は彼が食事をしている間に衝立の陰で着替えて出てきた。絹の艶やかな衣をまとってしずしずと膝行り、床をのべる姿は上品だ。どこかの役人の家で女房勤めでもしているのだろうか——

「わたくし、綾と申します。あなたさまの御名をお教えくださいまし」

彼は女をかき抱き、耳もとでささやいた。

「参議右衛門督　源　朝宣」

だがこう唱えた途端。

女は悲鳴を上げて彼を押しのけた。

「衛門督朝宣さま⁉　雲上のお方が⁉」

「下司女と卑下するな。所詮一夜の夢だ」

「そんな！　畏れ多い！」

彼はにじり寄ったが、女は平伏し、やがてほろほろと泣き出した。

「じ、実はここは人喰い鬼の家です。わたしは鬼の娘で、父の命令で男をおびき寄せる役でした。衛門督朝宣さまともあろう高貴のお方を手にかけては、ああ、どうしましょう」

涙を流しながら、何やらおとぎ話のようなたわごとをほざく。

「泣くな。そちのようなかわいらしい鬼ならば喰らわれても文句は言わぬ」

「冗談ではないのです。どうすれば」

彼は女の肩を抱き寄せたが女は泣き止もうとしない。甘い言葉でかき口説いたが——

そのうち、みしりみしりと小屋が揺れ、砂埃が舞った。小さな地震のように。

「な、何だ」

「これが父です。あなたさまを喰らおうとやってくる足音です」

女は目に袖を押し当て、うつむいたままつぶやいた。揺れはどんどん大きくなり、家が倒れてしまいそうなほどになる。

そのとき、外につないだ犬が大声で吠え始めた――犬はよく躾けてあって無駄吠えはしないはずだった。ただならぬことが起きていた。

「犬が。犬が時間を稼いでいるうちにお逃げください。もう二度とこんなところにいらしてはいけません」

女は彼の腕を取ると、戸口から押し出した。犬は木につながれたまま、かつてない形相で吠え猛っている。

彼は犬を伴って帰ることにしたが、小屋を振り返ると。

蓑を着た赤い顔の鬼がじっと見ていたという――

噂を聞いてすぐに祐高は内裏で朝宣を捕まえて真偽を問うた。彼のことはかつては親友と思ったこともあった。鬼に出会ったなど尋常な話でない。

「どういうことだ」

「おれではないぞ」

朝宣はもう散々他の者にも問い詰められたのだろうか。うんざりしたようだった。

「雑色に新品の絹の狩衣をやったら張り切ってどこぞの女に見せびらかして〝我こそは京で一番の色男、衛門督朝宣〟とぶちかましたらしい。妙な噂でおれも迷惑している」

──どうだか。

「おれがわけのわからん女の家で熟れ鮨なんて卑しい飯を食うはずがないだろうが。誰が醸したか知れない酒など気色悪い」

そう言われるとおかしな話だ。朝宣は他人の前で食事をしないので有名だった。「下賤の女を口説いたりしない」というのは話半分だったが「熟れ鮨を出してもらった」なんて彼らしくない──それが言いわけになる朝宣も朝宣だが──

「おれが鬼女などに出会っていたら、今頃お山の大僧正さまのもとに駆け込んで念入りに祈禱してもらっている。賊や性悪女なら走って逃げればいいが、鬼はそうはいかん」

「妙なところで信心深いな、お前は。それで少しは行いを改めようとは思わんのか」

「御仏は女犯を禁止などしていない」

──そうか？　していると思うが？

「大体おれの名を出して女に断られるやつがあるか。吉光のやつ、少し顔がいいからって図に乗って主人の評判を落とすとは。検非違使別当からも何か言ってやってくれ」

「知らぬ、下人の躾など己でしろ」

何にせよ祐高は呆れ返って、この話はそれで終わった。

はずだった。

2

朝、祐高が邸の北の対で身仕度を終えて朝食の粥と干物を食べていると、ばたばたと来訪者があった——といっても同じ邸の西の対に住んでいるいとこの純直だが。

「祐高さま！　大変です」

「何だ純直。飯くらい食わせろ。お前は食べていないのか」

「それどころじゃないんですって！」

朝食もそこそこに純直に引きずられ、祐高は西の対の簀子縁に連れていかれることに。

高欄の向こうでは柑子が爽やかに白い花を咲かせていた。

その庭に立っている人影が二つ、片方はいつぞやの千枝松だ。黄色いばかりの狩衣を着た寸詰まりの少年は祐高の姿を見るとただでも大きい白目を剝き、頭を下げた。

「何と別当さままで。少将さまの御手を煩わせるだけでも畏れ多いのに」

「人殺しの話なのだろう？　祐高さまにもお力を借りなければ」

「人殺しの話なのか？」

祐高は今、初めて聞いた。——のべつ幕なしだ。そんないつもいつも人殺しの話に首を突っ込みたいわけではないのだが。

「我々の手には余ります。検非違使庁でお調べのほどを」

千枝松はしおらしく、ひれ伏さんばかりだった。

「誰ぞ、役人でも殺されたのか？　取り調べならば平少尉か坂上大尉でよかろう」

検非違使庁は洛中の治安を守るのがお役目。

だがその長官、別当の本分は書類仕事だ。このところ公卿が巻き込まれる事件が多いので祐高も挨拶がてら顔を出しているだけで。正直、陰陽寮の官人などが巻き込まれたとして、祐高まで出張る義理はないのだが――

「洛外で衛門督朝宣さまを襲った噂の人喰い鬼が、女を喰らったそうですよ！　人喰いの鬼の家が！」

純直が楽しげな声を上げた。宝物を見つけた仔犬のように目をきらきら輝かせて。

「――いえ、殺人事件というだけで人喰い鬼の仕業かどうかは」

顔を上げた千枝松の方は面白くもなさそうに、横に立っている狩衣姿の男の背を叩いた
――祐高より少し年上くらいだろうか。

「これは陰陽寮の学生で弓削則宗と言って、共寝していた女を殺されたというのです」

「は、はあ。よろしくお願いします」

どちらかというと筋張って無骨な若者で、陰陽寮の学生と聞いて驚いた。占いやまじな

いをする者は皆、細身なのかと。頬骨が高くでこぼこした顔は棒術の鍛錬でもしている方が似合いそうなのに、これで大幣を振ったり祭文を読んだりするのか。

「例の衛門督朝宣さまの噂を確かめようと洛外に行ったら話の通りに綺麗な女がいたので、声をかけて……いい感じになって一夜をともにしたら、朝になって死んでいて。慌てて洛中に戻って千枝松に話したら人殺しは使庁に通報せよと」

弓削とやらは大きな身体を縮めてうつむきがちにぼそぼそ言った。純直は嬉しそうに手を叩いた。

「例の鬼は陰陽寮が出ていくような話だったのか⁉」

「弓削はぼくと同じくまだ学生で、一人前の陰陽師ではありません。酒でも飲んで勢いで繰り出したのでしょう」

千枝松はとことん白けた風情だ。

「陰陽寮は鬼の調伏など頼まれておりませんよ。何ですか、鬼の家って」

何ですかって——鬼門がどうの裏鬼門がどうの、家相が悪いと家に鬼が出るから気をつけろと言っているのは陰陽寮だが。星の方位を見て神の機嫌を損ねないように慎んで行動しろと言っているのは陰陽寮だが。

「この弓削はいい歳をして酒と女のことばかりでいつまで経っても及第しないあぶれ者。博徒か何かとつるんで酒を飲んで与太話をしているうちに度胸試しでもすることになったんでしょうよ。人死には使庁に知らせるべきと思っただけです」

千枝松はほんの少年だが、落ち着いてそう述べた。弓削と並ぶと大人と子供だというのに態度はまるで逆だ。

「まだ朝で使庁に行っても誰もいない、こちらの方が早いかと思ったのですが、早計でした。使庁の尉（じょう）に相談します」

「いやいや、それはわたしたちで確かめないと！　朝宣さまの一大事とあらば！」

対して、純直は十七歳なのに鬼の一言ではしゃいでこのありさま。何だか祐高の方が恥ずかしくなる。

「あのな純直、朝宣もそれは雑色が勝手に言っているだけだと――」

「今すぐ牛車の用意を！　洛外に行こう！　鬼退治だ！　行こう！」

このところ、気まずくて純直を甘やかしすぎなのか？　祐高がためらって強く言えないでいるうちに、そういうことになってしまった。

洛外洛外と言うがどの辺なのかと思っていたら、牛車が向かったのは鳥辺野（とりべの）の風葬地の方角だった。民家がどんどん少なくなって放免が大路の無縁仏を投げ込む小寺も通りすぎて、その辺りはもう草木もまばら。何やら煙の臭いがして、大路も行きすぎたのか牛車が傾き、よく石を踏んで揺れる。

いや、ここはもう十分、噂の風葬地ではないのか――踏んでいるのは石なのか――

「祐高さま！」

純直が嬉しそうに牛車の小窓から外を覗いているので祐高も見てみると、木の枝からぼろを着た男がぶら下がっていた——祐高は咄嗟に逆側の壁まで後ずさった。

「く、首吊りではないか！」

「新しいですね」

千枝松の反応はそれだけだった。彼は弓削と従者たちと牛車の外を歩いていた。祐高は網代車か馬を用意すると言ったのに、「学生如きは歩きます」と固辞して。

純直はまだ小窓から外を見ていた。

「鬼火が燃えている！」

「ただの焚き火ですよ」

「千枝松は驚かないのだな。わたしより一つ下なのに」

「骸が怖くて陰陽師は勤まりません」

——純直より一つ下、十六歳なのか。安倍家ではどういう教育をしているのか少し気になった。弓削の方は「ひいっ、お助け」などと小さく喚いてびくびくしているようなので、陰陽師がどうとかではなさそうだ。

朝来てもこんなに怖いのだから、酔っぱらってやって来たというのは正しい気がする。酒の力がないと来ないだろうし朝宣もこんなところまで来るはずがない。新品の狩衣をもらった雑色も酔狂なものだ。

やがて牛車が止まったので恐る恐る榻を踏んで降りると、地面は傾いていた。目の前に風が吹いても壊れそうな藁葺の小屋があった。

小屋が剝き出しなのがまずおかしい。竹を編んだ質素な塀で囲うくらいはしてもよさそうだ。柱も板もすっかり黒ずんでいるがよく崩れもせずに建っているものだ。逆に木工の腕に感心する。

戸口に十二、三の水干の童子が座っていたが、こちらを見るとぴょんと飛び上がった。

「弓削さま、お帰りなさい」

と弓削に声をかけるところをみると連れらしいが、弓削は返事もせずに戸口を指す。

「これです。今朝、驚きのあまりこの遣戸を蹴破ったのです」

外れた木戸が外に向かって倒れていた。遣戸といえば引き戸か。貴族の邸にはあまりない。弓削の横から純直が中を覗いた。

「何と」

小さくつぶやいて戸口から一歩下がり、両手を合わせて一礼した。それから改めて中に入る。よせばいいのに。

「骸があるのか？」

「はい、女が血を流して死んでおります」

純直の報告を聞いて、恐る恐る祐高も中を見る——安い熟れ鮨の匂いが酸っぱい。

一応土間から一段高い板敷の床くらいはあって、意外と几帳や脇息はいいものがあった。はて面妖（めんよう）な。見るからにあばら屋なのになぜ調度だけ上等なものがあるのか。

その真ん中。

二枚だけ畳が敷いてあり、ぼろぼろの衾（ふすま）が隅に除けられていた。

畳に仰向けに女が寝転がっていた。髪はあまり長くなく腰くらいまで。単衣一枚のしどけない姿で、胸が血まみれで——

吐きそうになる前に目を逸らし、小屋の壁に視線を集中した。祐高も大分場慣れした。

「これは無理だ」と思ったら避ける。賢い生き方というものだ。

「胸を一撃のもと、刺し貫（さしつらぬ）かれたのか」

純直が一人で亡骸を見ていたが、それがしのびないのか千枝松も中に入った。

「本当ですね。心の臓を貫かれているのではないでしょうか。苦しんでのたうち回った風情ではないから一発ですね」

「狙い澄まして一撃、なかなかの達人だ。思いきりがいい」

「何だこの顔、無茶苦茶だ」

「ゆうべはお楽しみだったのだ。弓削がよろしくやったせいで化粧が崩れているのだ。女の恥、あまり見てやるな」

二人して感心したような声を上げている。今どきの十代はどうなっているのか。この二人、気が合うのか？

「……うん？　ここは蔀戸ではないのか。開かないぞ」

純直は中が暗いと思ったのだろうか。ごそごそ動き回る音がする。

「こういう家は蔀戸なんて上等なものではないです。逆側が遣戸になってるんですよ」

と千枝松の声がしたが、

「……あれ、開かない。おかしいな」

彼も悪戦苦闘しているようだ。

京の建物に壁は少ない。皆、湿気がこもるのを嫌う。寝殿造りで壁があるのは塗籠くらいで、先日の白雪の君のように塗籠で寝起きしている人もいるが寝るときだけだろう。

貴族の邸はほとんど外壁がなく、格子戸や蔀戸になっていて昼間は換気と採光のために開け放つ。夜は閉め、雨降りの日は軽く開ける。毎朝毎夕、女房が開け閉めすることになっている。盗賊除けや目隠しの役割は塀や垣根に託す。

下々の民草の家も日頃は戸を開けっ放しにしているものなのだろう。京の家で一番大事なのは風通しだ。

「外から見てみようか」

祐高はぐるりと小屋の外を一周することにした。蔀戸や裏の戸を外から掛け金か何かで固定しているのかと思った。すぐ横に小さな井戸があるのが目に入った。

が、肝心の裏の遣戸と見えたところには敷居に錆びた大きな釘が打ち込まれていた。わざわざ遣戸が動かないように、戸の端が当たるところに半ばまで――釘の朽ち方をみると塞いだのは昨日今日ではない。

——戸惑っている間に一回りして、弓削と童子がぼんやりしている戸口に戻ってしまった。他は羽目板の壁ばかりで開きそうなところは一つもなかった。

動揺して声が揺らいだ。

「……純直、裏口に釘が打ってあったぞ。開くところがない」

「何ですって」

「この家には正面の遣戸以外に出入りするところが全くない」

——つまり。

「弓削は女と二人きりで眠って目が醒めたら女が死んでいたと。——誰が殺めたのだ？」

誰かが息を呑んだ。

「——鬼の仕業だ！」

その後、家の裏から人の骨が見つかった——髑髏が六人分も。

いかにここが風葬地でも住まいの近くにこれほど——

3

「芥川だわ！　二条の后だわ！」

忍はそれはもう嬉しそうに、脇息に両手をついて身を乗り出さんばかりだった。

北の対は今日も甘やかな香の匂いと清らかな水音に満ちて、高麗縁の新しい畳に絹まで敷かれて、何不自由ない豪邸ぶり。——忍はこんなところにいて、煙臭い鳥辺野の端の鬼の家のことなど想像がつくのか。

夕餉に熟れ鮨を出さないよう念を押したので、山鳥の干し肉を羹にしたのを飯にかけて食べることになった。山鳥の滋味が汁にしみ出して意外に味わいがある。瓜の漬けものも入れてみると面白い食感になってこれもいい。

忍はもう夕餉を済ませていた。祐高が塩と胡麻をかけて銀の匙で汁かけ飯を食べている間、忍は檜扇を取り上げ、少し上を見つめて声を作って語る。

「〝昔、男ありけり。女のえ得まじかりけるを〟……」

「その話は長いのか?」

「仕方ないわねえ」

元の声音に戻った。

「在原業平が報われない恋に悩んだ挙げ句に姫をさらって逃げるの。小さな倉に隠して自分は入り口の前で番をして、何があっても姫を守ると決意して。でも倉は鬼の棲処で、中の姫だけ鬼に喰われてしまって。外にいた業平は何も気づかなかったの」

「わざわざ鬼に姫を喰わせてやったようなものだな」

「でもこれはたとえ話で、姫は追いかけてきた兄弟に連れ戻されてしまっただけなのよ。姫は親兄弟に言われるがまま帝の后となって皇子をお産みあそばし、悲嘆した業平は伊勢に下って今度は斎宮と恋に落ちる……兄弟が連れ戻しただけなんてつまらないわ! きっと後から風情のわからない者が理屈をつけ足して台なしにしたのよ。鳥辺山では本物の鬼が一口に人を喰い殺す！」

興奮して、今朝の純直に負けず劣らず目を輝かせるのだから。なぜこんな女を妻にしてしまったのだろう。

「あそこはほとんど阿弥陀ヶ峰だな。――しかも今の話では業平は倉に入っていないが、弓削は家に入って女とよろしくやっていたのに女だけ死んだ。この間の中将さまと違って一軒家で他に人がいなかったのだ。まこと怪奇である」

「物の怪はそうでなくちゃ！」

「学生とはいえ陰陽寮の者はその道の専門家なのに物の怪に化かされていては世話はない。千枝松がかんかんに怒って」

「陰陽寮に在る者が、鬼などと簡単に言うな、弓削！　己の不徳を鬼のせいにするとは！　痴れ者め！　さては只人の女とも気づかず、鬼ならば何をしてもいいと無体をしたな！　外道め、許さん！」

ものすごい勢いで弓削を足蹴にしようとするので止めるのが大変だった。

「では弓削某というのが自分で女を殺めてとぼけている――わけではないという証があったの？」

忍は話が早い。そう、弓削が犯人なら鬼など出てくる余地はないのだ。

「戸口の童子が見ていた？」

「童子の話は少しややこしいので後回しだ。――女は一撃で胸を突かれていたが、弓削はそのような武器を持っていなかったのだ。縄だの紙だの切るのに小刀を一振りだけ持っていて身の回りのことは全てそれでこなしていたが、見事ななまくらで研ぎ減りしていて。切っ先が特に減って、突くようなことをしたら欠けてしまう。元々陰陽師は文官で太刀を帯びるような職ではなく、連中は学生で儀式に使う宝剣とも縁がない」

何より弓削の技量で一撃で仕留めるのは無理だと、誰より早く千枝松が納得した。弓削は体格はそこそこだが武術の心得はなく、たまによほど人手が足りないときに薪割(まきわ)りをする程度とか。女が眠り込んでいても一撃で心の臓を貫くなど。

更に、弓削はわざわざ千枝松に相談して検非違使の佐や別当に通報せずとも、口を拭って忘れてしまえばよかった。六つも髑髏があっても誰も知らなかったくらいだ、人気(ひとけ)のない鳥辺野の片隅で女が死んでいることになど誰も気づかない。数ヵ月も経って骨になってしまえば突き殺されたのもわからなくなる。自分から言い出した時点で無実寄りだった。

「居合わせたのが三位中将さまならば、今度こそ犯人だったがな。中将さまの腕前と自慢の御太刀ならば可能であろう」

「本当だわ」

笑っている場合ではないが。

そんなことをすれば返り血も浴びるはずだが、純直が彼の手を確かめて「いつから手を洗っていないのだ、お前は」と顔をしかめていた。薄汚れていたのがかえって返り血を洗い落としていない証になった。

「家に庖丁などは？」

「うむ、おかしな家で竈などもなかった」

「すごいわねえ。〝どのようにやったか〟〝なぜだったのか〟〝誰がしたのか〟全部わからないの？　まさしく鬼の仕業だわ」

「誰が何のためにしたのかは薄々わかっている。近くで首をくっていた男だ。鳥辺野の風葬地なのだからそのまま放置しても誰も困らないが、寝覚めが悪いので地面に降ろすくらいはしてやろうと思い、放免にさせた。そうすると名のある賊とわかった。顔の端に丹の粉も残っていた。顔を赤く塗って鬼のふりをしていたのだ――」

それを見ていたのが入口の童子・中楠丸だ――

4

「おれはここで美しい女と出会って共寝して……気づいたら綾は死んでいたのだ！　恐ろしくなって衣をかき集めて戸を破って、着ながら命からがら安倍の家まで走った。なあ、中楠丸！」

「え、そうなんですか」

千枝松にとっちめられて、ここでやっと弓削は戸口のそばに立っていた童子に声をかけた――中楠丸とやらは豪快に垂れた青っ洟を水干の袖で拭いていた。いつもそんなことをしているのか袖はもうてかてかだ。絹でこれをやると乳母に叱られて懐紙で洟をかむことになるが、この水干は麻だろう。

「おらは弓削さまがここにいろとおっしゃったので、ここにいました」

中楠丸は皆が騒いでいるのを何とも思っていないのか、のんびりと答えた。中楠丸とは締まらない名だが兄が大楠丸で弟が小楠丸だったりするのだろうか。だとすると訓読で〝なかくすまる〟が正しいのではないだろうか。

「そなたはずっとここで見張っていた?」

純直が声をかけると中楠丸は戸惑った顔をした。人見知りするたちなのだろうか。

「見張って……弓削さまを待っておりました」

のんびりとそう答えた。

「女は？　戸口から中を覗いたら女の死んだのが見えたはずだが？」

「血が出て寝転がったままで、具合が悪いのかなあと思いました」

「様子を見に、中に入っていないのか？　介抱しようと起こしたりは？」

「おらには無理だと思って。女の人、苦手だし」

「すいません、中楠丸は年のわりにぼんやりしていて言われたことしかしないんです。ものを持って歩かせるのにはいいんですが。別当さまや少将さまの知る者は下人でも聡いのでしょうが、弓削如きのつき人はこんなものなのです」

見かねたか千枝松が助け船を出した。ただでも彼は早口なのだが中楠丸と並ぶと生きている速度から違うように見える。

この中楠丸は陰陽寮で一番下の小使いということだった。官人ではなく弓削の知り合いの子で、細々した用事を頼む代わりに寝食の世話をしていると。

陰陽寮の童子たちといえば儀式を手伝う小綺麗なのが思い浮かぶが、彼らは特に何と言われなくても祭壇を組み立てたり陰陽師に大幣を渡したり後を片づけたり、実に手際よくきびきびと動いた。賢い順に目立つところに配置する仕組みになっていたのだった。

「弓削さまは昨日の夕方、綺麗な女の人と家に入って、おらにここで待てって。弓削さまの飲み水、全部飲んでしまいました」

中楠丸は竹筒を見せた。

「……昨日からずっとここにいたのか。主人が出ていってしまったのに」

「ついて来いと言われてないので、帰ってくるのかなあと」

「そういうやつなんです。これはこれで役に立つときもあるんです。本人は真面目で正直なつもりなんです」

千枝松が言い添えたが、純直は絶句してしまった。彼は千枝松と似たような速度で生きているので、道理に合わない中楠丸をどう扱っていいのかわからないらしい。

祐高には中楠丸の言うことがわからなくもない。——昔、隠れ鬼で庭の藪にしゃがみ込んで身を潜めていたら、蟻が大きな蝶の翅を運んでいるのを見つけた。目が離せなくなって、気がついたら日が暮れていた。対屋に戻ったら兄も母も乳母も激怒していて大変だった。「腹が減らないのか」と聞かれたが、そういえばあのときは減っていなかった、と。

思い出した途端、くう、と腹が鳴った。祐高のではない。

「中楠丸とやら、何も食っていないのか」

「ええと……女の童が飯の握ったのをくれたきりです」

「女の童？　まあいかに小さな家でも小使いくらいはいなければな」

「そういえば飯をよそって酒を注いでくれたのは十二、三の娘でした。寝る前にどこかに帰っていきました、よそに住んでいるのでしょう。細っこい少女でとても女を突き殺したりできそうにないです」

と弓削が補足する。

「腹が減っているのなら餅をやろう」

祐高は朝餉の途中で出てきたので、足りなかったらと餅菓子を持たされていた。菖蒲の葉に包んであるのを剝いて渡してやると、中楠丸は一瞬でむしゃむしゃ食った。

「お殿さま、ありがとうございます」

指先をぺろぺろ舐めてからお辞儀をした。祐高は功徳を積んだ気になった。

「で、そなた、ここでどのように何を見た」

「ここで……昨日からですか？」

「昨日からついさっきわたしたちが来るまで、順繰りに」

「ええと。弓削さまと女の人とここへ来て、おらだけ待つように言われて……女の童が飯をくれて、どこかに行って……」

「一晩中起きて待っていたのか？」

「いえ、夜は座ったまま戸に寄りかかって寝ておりました」

寝ていたらずっと見ていたことにはならない——と思ったが、口に出すと中楠丸が混乱しそうなのでやめた。

「夜中に目が醒めて。家がみしみし揺れておりました。どん、と大きな音もしました。揺れているなあ、と思ってまた寝てしまいましたが」

——この小さな家は、弓削と女と二人で揺らしたら外まで音を立てるようなものなのか。聞いて少しげんなりした。

「そういえばおれも夜中に一瞬目が醒めて、また眠り込んでしまいました。大きな音？　酔って寝ぼけていたゆえ深く考えておりませんでしたが、憶えがあるような……」

弓削が首を傾げていた。

「朝になって弓削さまが戸を蹴破って飛び出していって。おら、その後そこで小便して」

と、家の角の辺りを指さす。

「そしたらここに鬼が来ました」

「鬼？」

中楠丸は背中に手をやった。

「顔が真っ赤で、背中が藁でとげとげしていて……あんなものは見たことがないです。弓削さまや千枝松さまやお殿さまと全然違います、恐ろしい鬼でした」

「藁でとげとげ……蓑か？」

「多分」

蓑を見たことがないということはないだろう、陰陽寮でも——蓑を着て雨の中を急ぐ陰陽師というのも間抜けなものだが。京の者はとかく見栄っ張りで見た目ばかり気にするから傘を差して頑張っている可能性はある。

「鬼はここから家の中をじっと見ていました。見つかったらどうしようと思いましたが、すぐに帰っていったのでほっとしました」

「帰ったとはどこに？」

「さあ？　ばきばきめきめき鬼が暴れる音がしましたが、遠かったので」

「その後、ここに戻って、また鬼が来るとは思わなかったか？」

「思わなかったです」

要領を得ない会話だ。しかし追及しても無駄だ、これはこんなものだと思った。

「鬼は家の中を見ていただけで、入っていったわけではない？」

「入っていかなかったです」

「うむ、わかった。御苦労であったな、中楠丸よ。よく頑張った。これが済んだら一緒にうちの邸に来い、もっとたくさん餅をやろう」

「わあい。お殿さまの餅、うまいです」

甘葛が入っているからだ。

純直は呆れ果てているのか、ほおをひくつかせていた。

「……祐高さま、こんな話で何かわかりましたか？」

「わかるとも。こういう者は嘘をつかない。嘘をつくならもっと突拍子がない。天狗がやって来て女を突き殺して去っていったとかな」

「蓑を着た赤鬼もなかなかでしたよ。この話が本当なら家に入ったのは弓削だけ――あらかじめ、こういう話をしろと誰かがこの者に言い含めたということは？」

「そんな難しい約束ができる子ではなさそうだぞ。一個憶えたら一個忘れるものだ。この辺で作った餅はうちの餅より不味いだろうしな。――一応聞くが中楠丸、昨日から話しかけてきたのは弓削と女だけか？　女の童も？」

「……殿さまと、中くらいの殿さま」

――祐高と純直か。鬼が数に入っていないなら重畳だ。

「ふむ。弓削と女が寝ている間にこの子を押しのけて中に入った者はいないし、女が死んだふりをして弓削を脅かして追い出した後に、鬼が押し入って女を本当に突き殺したわけでもないのだ。家の中に女を刺し殺す何らかの仕掛けがあって、鬼がそれを回収したわけでもない」

「脅かして追い出すなんてどうしてそんなことしなきゃいけないんですか。女を刺し殺す仕掛け？」

「こういうことが気になる人のためにわずかな可能性も潰しておこうかと」

「誰が気にすると言うんです」

勿論、後で話を聞く忍だ。

「中楠丸が見る限り女は弓削が出ていった後に傷を負ったわけではない、と」

そして中楠丸は危ないからと刃物を持たされていないし、千枝松と同じくらいの背丈でさほど力があるわけでもなく、女を突き殺すような膂力や技はない――

「絶対嘘ですよ」

純直は全く納得していなかったが。

「この家、息抜きに羽目板に穴が空いているだけで人が通るような隙間はないです。息抜きは上の方で位置が高いし、一応わたしも手が届きますが届くだけで、片腕だって通るかどうか。男なら烏帽子も引っかかります。弓削が犯人でなく中楠丸も本当のことを言っているなら、犯人はこの家に取り憑いた物の怪か、羽目板の穴から出入りできるような小鬼ですよ」

それは純直好みのたわごとだと思った。自分より非常識なことを言うやつが出てくるとまともになるというのがおかしい。

「祐高さまは物の怪が家を揺らし、羽目板の穴から刀を飛ばして女を突き殺したとでもおっしゃるのですか?」

「しかも霊感が冴えているであろう陰陽寮の学生を出し抜いて、な」

「弓削は落ちこぼれの穀潰しで霊感なんてありませんよ」

千枝松が不満そうだった。弓削の評価のことだけではないようだ。

「鬼や物の怪など馬鹿馬鹿しい。人の行いに決まっております。この女は身体に大穴が空いて血を流しているんですよ。大きな武具で突き殺されたのは明々白々。病や祟りではありません。物の怪は金気の武具を避けます。賊だか何だか知りませんが人です。しょうもない手妻でありえないことのように見せているだけでしょう」

金属の刃物は物の怪を退けるとして、特別な宝剣でなくても魔除けに太刀を抜いたり小刀を供えたりする。金属の武具に触れられるのは人だけということか。

「確かに物の怪に憑かれて命を落としたというのは、急にうわごとを言って苦しみ出して倒れたりして、亡骸を一見しても死んだ理由がよくわからぬものだと聞くが……まだ学生とはいえ陰陽師が、物の怪そのものを馬鹿馬鹿しいなんて言っていいのか?」

「京の方々は何でもかんでも物の怪のせいにしすぎです。思考停止です」

その言葉は面白すぎた。陰陽師の言うことではなかった。

純直がまじまじと彼を見た。

「では千枝松は、この童子が嘘をついていると?」

「おら嘘なんかついてないです」

中楠丸が唇を突き出した。千枝松は露骨に目を泳がせた。

「……中楠丸は嘘をつけるほど器用ではないです。別当さまの餅に目がくらんで、ぼくが厠に行った回数まで答えるでしょう」

「この者が戸を塞いでいたとするとやはり物の怪の仕業だ。羽目板の穴を人が出入りできるというのか。しかも血も涙もない人殺し、鬼の仕業としか――」

「何ですか、情けない！」

急に甲高い声が耳に突き刺さった。

「あれは駄目これは駄目きっと物の怪の仕業だ、検非違使ともあろう方々がわからないからとあっさり諦(あきら)めてぼくらに丸投げなさるのですか！　わからないから物の怪だなんて！　こんな仕掛け、どうせあの男の手管(てくだ)と大して変わらないのに！」

純直は啞然(あぜん)としたし、祐高も身がすくんだ。

千枝松はといえば大きな目をぱちぱちさせて呆然としていた。

次いで、みるみる顔を赤くした。

「も、申しわけありま……昂(たか)ぶって……侮辱するようなことを……」

早口で滑舌がいいのに、急に言葉を詰まらせるのがかえって気の毒だった。自分でそんなに大きな声を出すつもりはなかったのだろう。「少将に向かって情けないとは何だ」と一刀のもとに斬り捨ててもいいくらい無礼だったが、純直はすぐに反応できないでいる。

――いや、気持ちはわかる。言っていることはとても真っ当だ。祐高も常々、天文博士が何もかも先回りして仕掛けしているのが気に入らないと思っているので。

「いや、わたしたちも不徳であった、ここに来てから鬼だ物の怪だと騒ぐばかりで。少しびっくりしただけだ、なあ純直」

「あ、はい」

怒らないなら許してやるしかないので、ここはさっさと祐高が鷹揚にふるまうべきだと判断した。純直より身分が高いのだから。

「何にせよ、このような死に方をした者は無念であったろう。喜んで死ぬ者などいないか。手厚く弔ってやらねば――名などはわかっているのか？」

聞かなかったことにして話題を変え、弓削を見た。

「あ、綾ですか。綾錦の綾と書くと思いますが」

弓削はうなずくと、少しためらいがちに尋ねた。

「別当さま、この女の葬式を出してくださるのですか」

「こんなところまで来て死人を弔わないのも徳がない」

「それはおれが出しますよ。縁があるのはおれですし。一夜とはいえ情を通じたのですし。知り合いに頼みます。陰陽師は坊主の知り合いが多いのです。別当さまの命に背いて不遜ですが、どうか」―

なかなか殊勝なことを言う。

他に民家もないのだから家ごと打ち捨てて忘れてもよかった。鳥辺野で朽ちるのは下々の民草の行き着く果てというものだった。

「よい心がけだ。不遜などではない」

「ありがとうございます」

弓削は恭しく頭を下げた。

「千枝松の言う通り、ここに来たのは悪友としょうもない賭けをしたというだけでしたが――綾はゆうべ、おれが陰陽師なら調伏されるしかない、今宵死ぬとか言っておりました。死ぬ前に一度、男に腕枕されて寝てみたいと。自分は何人も殺めた罪深い鬼なのだから退治されるのは当たり前だ、悲しむなとも。今から思えば遺言だったのでしょうか」

「女はこうなるのがわかっていたと」

「はい、機嫌よく笑ってたし女が床で死ぬとか殺すとか言うのは冗談なのかと思って聞き流しましたが……本当に六人も喰い殺していたとは。でも人喰い鬼でも、おれだけ見逃してくれたのだとしたら何やらかわいそうな気がします。六人は恨んでいるでしょうから、生きているおれくらいは弔ってやらないと」

弓削はしんみりと視線を落としている。少し涙声でもあるようだ。祐高も胸が熱くなってきたのは最近、薄情なやつを見慣れすぎたせいかもしれない。

「いい男だなそなたは。これが避けられぬ運命ならば、女もそなたに看取ってもらいたいと思ったのだろう」

「勿体ないお言葉です——で、火葬にするのに薪はどれくらい必要なんでしょう？」

祐高は知らなかったので従者に尋ねたところ、寺への布施は値切るとして、火葬代は弓削の小遣いでは足りないことがわかった。山のこの辺りが丸坊主なのは麓の寺が木を伐って火葬の薪にしてしまったのだろうと。千枝松が半分貸すことになったのが締まらない。

葬儀をすると決まったので、放免どもで畳ごと女の亡骸を運び出すことにした。畳ごと荷車に積んで運んで火葬にすればその分、薪が節約できる。どうせぼろぼろで血が垂れているのだから焚きつけか太刀の試し斬りにしか使えない——

「……あっ⁉」

放免どもが亡骸に衣をかけて二人がかりで畳を持ち上げるのを見ていた純直は、急に戸口に貼りついた。亡骸を運び出すのは避けて、中をじっと凝視する。

「どうしたのですか、少将さま」

「見ろ、千枝松。女は一撃で突き殺されたのに板敷に大穴が空いているぞ」

千枝松も、それに祐高も中を覗くことにした。もう亡骸はないのだから。

畳が除けられると床板にはくっきりとその跡が残っていた。畳の四角い跡の左側、床板に拳ほどの穴が空いている。

「おい、放免ども、畳に穴は空いているか？」

純直は家の中を見たまま呼びかけた。放免どもが立ち止まり、火長が急いで放免が持ち上げた畳の裏を覗き見た。それを従者に耳打ちし、従者が純直の問いに答える。

「穴が空いております」

「女の傷より大きいか。――いや、女の傷は貫通して背まで抜けているか？」

「――畳の穴は女の傷より大きいです。女の刺された傷は胴の中ほどで止まって、背中に抜けてはおりません」

また純直の言葉を聞いて火長が確かめ、従者が答える。身分というものがあるので直接は口を利かない。

「つまり？」

「女を刺すときに板敷まで貫通した、わけではないと。では何でしょう、この穴は！」

――元気がいいが、純直は別にわかっていないのか。

「ぼくは女が身体を起こしたときに真正面から突かれたと思ったのですが」

「それだと女が倒れるときに寝ている弓削が起きるし血が腹の方に垂れる。血は胸に溜まっていたので寝たまま突かれたのだと思う」

「ん？　寝ているときに武具で突かれたら弓削の衣にも穴が空いて血がつきませんか？」

「……本当だな！　弓削はやはり怪しいのか？　なぜ辻褄が合わないのだろう」

千枝松と純直とで論じ合っているので、畳を持ったまま放免や火長がまごまごしているのに従者が気づいた。

「少将さま、亡骸は車に積んでいいのでしょうか」

「もういい！」

純直は断言した。それでやっと放免どもは畳を荷車に積むことができた——そういう不謹慎なのをやめようと、祐高と弓削でしっとりと語らったつもりだったのだが。こいつは話を聞いていなかったのか？

「亡骸よりもやはりこの家か」

再び純直は家の中に踏み入って——

「少将さま、何をなさいます！」

「亡骸と同じに寝転がってみたら何かわかるかと」

「御身が穢れます！　そういうことはぼくがします！」

千枝松も中に駆け込んだ。祐高が覗いたとき、穴を塞ぐように千枝松が床に仰向けに寝転がっていた。

「……千枝松もそういうことをしたら穢れが移るのではないか？」

「ぼくは陰陽師になるべく幼い頃から鍛えておりますので死穢の一つ二つでやられるほどやわではありません。一応この身は晴明朝臣の末裔、受け継いだ仙骨があります」

仙骨とか何が何やらだが、彼がものすごい負けず嫌いだということだけはよくわかった。先ほどの失態を取り返そうとしているのだろうか。

「何かわかるか」

「青空が見えます。さぞ雨漏りがするでしょう」

「純直、思いつきで千枝松に妙なことをさせるな」

「すごくいい考えだったように思ったんですが」

「弓削も寝かせますか」

「いや、もういいだろう。葬儀の段取りも決まったことだし、帰ろうではないか。一晩寝て起きたら何か思いつくかもしれぬぞ」

自分が、ではなく忍が、だが。

帰るとなると、道中に見た首吊りも気になる。洛中で言えば隣の隣の家くらいの距離で大して離れていなかった。

こちらは引き取り手もいないので寺まで運んでやる義理はない。鳥辺野で亡骸を見るたび葬っていたのではきりがない。

義理はないが地面に降ろすくらいはしてやろう。

「あれを誰ぞ降ろしてやれ」

祐高が言うと火長の指示で、放免が荷車を足場に縄を切って降ろしてやることになった。改めて見るとぼろとはいえ墨染めをまとっているようで、髻（もとどり）を結っていない蓬髪（ほうはつ）がむさ苦しい――

――そういえばこの木は〝噂の偽衛門督朝宣〟が犬をつないだものか？　〝を〟の字のようにいい具合に曲がった松の木だ。こんな場所に生えていなければ、首吊りなどに使われなければなかなか形がいいのに勿体ない――

「あっ！」

祐高がぼんやりと木を見ていたとき、縄を切った放免が声を上げた。

どさりと骸が地面に落ちる。

「何だ、今のは」

祐高は眉をひそめて進み出た。答える者はない。

「どうかなさいましたか、別当さま」

千枝松が声をかけてきたが、振り返らずに太刀に手をかけ、引き抜く。

近頃祐高が帯びているのは儀礼用のまっすぐな飾太刀ではなく、鞘から抜きやすいよう緩く反ってきちんと刃を研いだものだ。

白く輝く切っ先を荷車の上の放免の首筋に突きつけた——人に向けるのもためらわなくなった——

「す、祐高さま」

純直の声がしたが、今は身分の差がどうとか言っている場合ではない。間に従者も火長もいらない。

「そなた今、何と言おうとした。申してみよ」

検非違使放免は罪を犯して笞打ちだの棒打ちだのの刑に処された罪人がその役を負う。穢れの掃除など身分ある官人に任せられないことをする。

ほとんどは元盗賊だ。

その知り合いもほとんどは盗賊だ——

「そなた、この者が誰かわかって声を上げたのではないか？　わたしが若造とて隠しごとができると思うなよ。何に気づいた、言え。そちの知り合いか」

5

「という話であった」

山鳥は美味いが肉が歯に挟まる。鏡を覗いて楊枝を使ってやっとすっきりした。

「首を吊っていたのは鳥辺野で小寺を隠れ蓑に、死人の衣を剝いで売っていると噂されている四十ばかりの生臭坊主。とはいえ打ち捨てられる死人がそんな高価なものを身に着けているはずもない。時折、絹の衣や黄金造りの太刀など持っておって死人から剝いだとは思えないと。何かやらかしているのは皆知っていたが決め手がなかった」

「まあ、まるで奪衣婆ね」

「奪衣爺だったわけだ。恐らく女の父親の鬼とはこの生臭坊主のことで本当に血のつながった親子かどうかはともかく、二人で組んで清水詣での者を拐かして家に誘い込んで殺しては金品を奪っていたのだろう。坊主は〝仕事〟の間は身許がわからぬよう蓑を着て顔を赤く塗っていた。六つの髑髏は彼らの犠牲者であった。〝偽衛門督朝宣〟の絹の狩衣に目がくらんで女が声をかけたものの、公卿の名を聞いて尻込みして逃がしてしまった。続いて陰陽寮の官が来たので逃げきれぬと観念し、弓削を殺すはずだった技で女自身が死んだ。明るくなってから戦利品を漁るつもりでいた坊主はその意に反して女が死んだのを見つけ、自ら首をくくった――」

放免が坊主の住まう小寺を知っていたので行ってみると、弓削と中楠丸が昨夜見かけた女の童がまんまとそこにいた――

しかし女の童自身は主が賊だったことなどつゆ知らず、時折、女があちらのみすぼらしい家で男を迎えるのを不思議に思っていたらしい。いつでもあちらの家では夕飯の仕度ばかりで朝は一度も呼ばれないことも。

「あの家に鏡や化粧道具などの細々とした調度品がなく、雨漏りがするのに上等の几帳などがあったのは女が引き入れた者を殺すばかりだったからなのだ。家の裏に梯子があったのでそばの井戸の底に人を下ろして探ったところ、水の中から刃渡り一尺ほどの鉾頭が出てきた」

「鉾頭？」

「いにしえの武具だな。笹の葉のような形をした両刃の刃物で、長い棒の先に取りつけて斬りつける。今どきは長柄の武具といえば片刃の薙刀で鉾はあまり見かけん。水に投げ入れられたばかりで錆びておらず、先端を研ぎ澄まして尖らせてあった。傷と照らし合わせて、女を突き殺した刃物であろうと。鉾の柄である棒はいくつかにへし折られて薪を足されて首吊りの横で燃えていた。朝から煮炊きでもないのに火を燃やすのは何ごとかと思えば武器を隠滅していたのだ」

中楠丸に気づいていただろうに見逃したくらいだ。きっと首をくる前に何もかも馬鹿らしくなって燃してしまっただけで、後から来た検非違使を不思議がらせるつもりではなかったろうが――

「そこまでわかっていたら中楠丸の目をかいくぐって羽目板の穴から出入りして中の女だけ殺す仕掛けまで解き明かさなくてもいいのだが、検非違使は皆、わからないことがあったら物の怪のせいにして情けないと陰陽師見習いに言われてしまってはなあ」

祐高は笑ったが、自虐交じりの自覚がある。

「弓削も陰陽寮の官なのに化かされた分際でなあ。近頃、天文博士の姿を見かけていないのに何やらあれにしてやられた気すらする。このままでは収まらぬ」

「男君は仕様がないわねえ」

「坊主は烏帽子をかぶらぬから肩を外せば羽目板の穴を抜けられる、程度の話ではないぞ。頭が通らん。穴は純直の頭のてっぺんほどの高さで、ええと縦がこれぐらいで横がこれぐらい」

一番背の高い祐高が手を当てて測り、手や腕に炭で黒い印をつけて帰ってきた。忍が縫いものに使う竹の尺で測ると、縦が二寸で横が五寸というところだった。

純直も六尺ある祐高よりは小さいというだけでちびではないので、羽目板の穴は千枝松の背より高いところにある。坊主は首を吊ったせいで首が伸びて正確な背丈がわからなかったが、千枝松よりは大きく純直よりは小さかった。

「生臭坊主の背丈で穴から鉾で狙うには踏み台が要る。女が座していても寝ていても突くには位置が高すぎる。片手で突くとすれば威力が低く、一突きで心の臓を貫通するのは難しい。弓削と女が寝ている間は暗くて狙いがつけられぬだろうしな」

「何より中楠丸のような小僧一人を避けて、わざわざ踏み台に乗って羽目板の穴から鉾を突くような小細工が必要かどうか、ね」

「中楠丸が嘘をついていたとするのが最もたやすいが志は低い」

「では別当の妻が夫に代わって鬼と戦おうじゃないの。相手も女鬼、丁度いいわ」

忍はころころと笑った後、少しほっとしたようだった。

「千枝松は友達がいたのね、よかった」

「よいのか？」

「純直さまに噛みつくほど情緒不安定なのだもの。それは心配よ」

確かに。相手によっては殺されていたかもしれない。

「わたしたちにも吠えかかってくるのよ。無礼ってわけじゃないんだけど、こうよ」

と忍は裏声を作った。

「〝女人は理屈が通じないから嫌いです〟」

女が男の声真似をするのに高い声を出すのが面白い。

「女に食事をたかっておいて言うことかしら」

「忍さまは理屈も情もわたしの五倍ほど持っている気がする」

純直の話を聞いているだけで叫び出してしまうのだから、忍に理屈で詰められたらきっと千枝松は憤死するだろう。

「でも人が死んだなんて理屈じゃないことよ。大変なことを朝一番に千枝松に相談するなんて信頼してるのね、弓削某。しかもその人は安倍の一族ではないわけでしょう？　祐高さまが感心するようないい人で」

「まあ葬式代を持ったのは感心だが、中楠丸を置き去りにして逃げたりいろいろと……」

「完全無欠の善人、ではない人に頼られるって人徳じゃないの。信用されている。千枝松ったら普段はこうよ」

と忍はまた作り声を出した。

「〝ぼくはもう、陰陽寮で勉強とかしなくていいんですよ。あんまり早く及第しても厭味だから学生をしているだけで〟——こんなこと言って本当に成績がよかったら皆にそっぽを向かれるわ。成績の悪い友達がいるなんて人間的じゃないの！」

そうだろうか。——陰陽寮で何を教えているのか詳しくは知らないが、どのみち十六歳で及第できるような代物ではないので法螺を吹いているだけ？　祐高は大学寮の学生に漢詩など教わっていたが、皆、二十を過ぎても及第しないと嘆いていた。

何かと千枝松のことは気になった。

「千枝松は心配だな。父のことも母のことも嫌いなようで」

「親が嫌いなんてねえ」

忍はたまに親きょうだいの話をしても微笑ましいことばかりだ。食べものやら花やら、何が嫌いで何が好きとか。仲のいい家族だとわかる。実際に義父はちょっと暑苦しいほど親切な人だ。

両親が嫌いだなんて祐高にはよくわからない。彼がどうこう思う前に父は血を吐いて死んでしまい、母のことは嫌うほど知らない。母は祐高を乳母に任せきりで自分は妹にべったりだった。「男の子は怖い」と言って。

千枝松を育てたのは乳母ではなく継母か。

「千枝松は父と母が好き合って産まれたのに、悲しいな」

天文博士は一族の取り決めで若くして兄の娘と結婚したが、その後に今の妻と運命の恋に落ちてしまった——千枝松はその愛の結晶だったが一族が二人目の妻を認めず、幼い頃から一人目の妻のもとで育てられたという。男の子は四人産まれたが皆、正妻に取られてしまったそうだ。あの分では伯父や義母が父や母の悪口を言うのを全部真に受けてしまっているのだろう。

「わたしはときどき太郎に申しわけないよ」

祐高がぽろっとこぼすと、忍は驚いたらしく目を見開いた。

「まあ、うちの？ 何が申しわけないの？　わたしたちは仲がいいし何もかわいそうなところはないじゃないの」

「色恋でなくお家のため、先祖のためと義務感にせき立てられて子をなしてしまった。姫も二郎も」

「よかったわ。あなたが色恋に目覚めるまで待とうという話だったらわたしは子なしでこの暮らしに八年も耐えなければならなかったわ」

「どういう意味かな」

「子はかすがいってこと」

忍はわかった風な口を利く。

「かすがいか。わたしは太郎や姫や二郎の母だからあなたを愛しているのかな」

「いいんじゃないの？　わたしが子らの母でなくなることはないのだし。わたしはあなたの妻で子らの母で大納言の娘。どれか一つだけ切り取っても今のわたしではないわ」

「そうなのかな」

今になって、幼い少女だった頃の忍が惜しいような気がする。しがらみなど何もない男女として出会ってみたかったような。だが二つ上というのは幼いほど差が大きい。忍が伸びやかな少女だった頃に祐高は洟垂れ(はなた)の小僧だろう。

「あなたはどうだ？　義務感でわたしの子を身籠(みご)もったのか？」

「無粋なことを、わたしは〝子ができないから離縁してくれ〟と泣いたのに」

そんなこともあったか。

忍は一度だけそんな風に泣いた。兄の妻に「世継ぎはまだか」とせっつかれて——結婚して二年目だか三年目だか。祐高が十六や七の頃だ。

太郎を授かったのがそのすぐ後で「わたしは何て間が悪い」と忍は一人で悶えていた。

兄の妻は悪人ではないのだろうが罪作りだった。

太郎が産まれて、忍は随分気が優しくなったものだ——つまりそれまでは今よりきつかったということで、二度びっくりした。

「それよりあなた、義務感で子をなした妻には申しわけないと思わないの?」

「今思った」

「気づいただけよしとするわ」

許された。

親族の決めた縁談でうまくいっているのは祐高と忍だけのようだ。誠意の過多はあっても、男と女の相性なんてものはくじ運でしかないのに。うまくいったらいったで兄に文句を言われたり。

「鬼ねえ。〝為し難きは分かち合うべし〟——人に何ができて鬼に何ができるか、という考え方はどう?」

と、するっと鬼の家の話に戻ってしまう忍もまた女鬼の一種で、誰とでもうまくやっていけるたちではない。祐高が鈍かったのか、思うところもあったのに何となく八年一緒にいた妻。

「男に何ができて女に何ができるか、という言い方もあるわ」

「むさ苦しい坊主では男を寂しいあばら屋に連れ込むのは難しいだろうな」

「それ以外にもその女には役割があったのよ」

忍は脇息にもたれて夢見るようにつぶやいた。

「女だけではないわ。家、調度、何もかも。どれか一つだけ切り取ることなどできない」

「何かわかったか」

「祐高さまは阿弥陀ヶ峰の瘴気にあてられすぎたのだわ。風葬地の空気を吸って禍々しい幻に目を奪われている。鬼の正体を確かに見ているのにそうとお気づきでないだけ」

「見ている……坊主ではなく女の自刃？　しかし女人の細腕で鉾頭を己の胸に打ち込むなど。いやそれは元々弓削の胸を貫くために用意されたのではないのか。いかに鋭い得物でも女一人で男を殺せと？」

鉾頭は柄なしで握って使えるようにはできていないし、柄があれば大きくて弓削の目に留まったのではないか。几帳の陰に隠していた？

「それに胸を深く貫いた鉾頭を、坊主はどうやって弓削や中楠丸に気取られずに抜いて井戸に放り込んだのか。縄など結んでいれば引っ張って羽目板の穴から外に出すことはできようが、金品を盗むために殺すならば刺したままでよくないか？　戦利品を漁るときに抜けばいい」

「ううん、そういうことではないの。――女の自刃ではあるのかしら？」

「自刃であるようなないような……謎かけか？」

「陰陽師の言う〝家相〟かしら」

それはいかにも千枝松の怒りを買いそうだ。

「男とか女とか一つ一つ切り分けることのできない〝家相〟こそが鬼だったのよ。全ての条件が揃って全てのものが役割を果たすとき、鬼の家が人を喰らう」

忍はあの女より髪が長い。上等な白粉の色は淡く紅はくっきりとして、柔らかな香木の匂いをまとって幾重にも重ねた絹の衣は光沢を帯びている。

あの女よりも美しくてか弱い。檜扇より重たいものは持たない。力をこめるのは子を抱くときだけ。

優しい母で美しい女で別当祐高のただ一人の妻。

その全てが揃ったとき、もう死んだ女などより恐ろしい鬼が現れる――

ほとんどの部分は御簾に秘められて世間には出ず、全てを知っているのは祐高だけだ。

忍は切り分けられないと言うが世間が知っているのは母の部分と妻の部分だけ。

あるいは祐高が全部知っていると思っているのも傲慢なのか――

「闇の中に鬼が潜んでいても、日輪の下では全て暴かれるのよ」

6

「あれは生臭坊主が追い剝ぎだったということでしょう。もうぼくは弓削や中楠丸を疑ってはおりませんよ。鉾をどのように使ったかなどわからなくてもいいではないですか」

予想通り、謎を解いてやると言っても千枝松はとても渋(しぶ)った。彼は理屈で説明されるのにかえって抵抗するのではないかと。

そこで役立つのが純直だ。

「わたしは知りたいぞ、家の外から中の女人を突き殺す方法。祐高さまにお考えがあるとおっしゃるなら検討したい」

彼がこう言うと千枝松は従うしかなかった。祐高と純直は彼の〝弱みを握った〟。取り乱し、あらぬことを口走ったのは大失態だった。

こうして祐高と純直、千枝松と弓削と中楠丸の五人が再び鳥辺野の鬼の家に集った。陰陽寮の三人にも牛車に乗ってもらった。

「ぼくらはそんな身分ではないですよ」

千枝松は嫌がったが、鳥辺野に着くまで彼には何も見せたくなかったのだ――

「大変だったのだ。一目見たらお終(しま)いのような仕掛けであったから。理屈は通っているができるかはやってみなければわからないし、徒労に終わるかも」

忍は仕掛けを考えるのは熱心だったが女の身で鳥辺野の家に行くのは流石に憚られる、祐高が見て確かめたらそれで納得するということだった。

五人があの日と同じように鳥辺山の傾いた地面に立って小さな家を前にした。数日しか経っておらず、あれから雨も降っていないので藁葺屋根の家は何も変わっていないように見える。弓削が打ち破った遣戸すらそのままだ。生臭坊主の首吊り死体のみ見苦しいので事前によそに打ち捨てさせておいた。

祐高は仕丁(じちょう)どもに命じてここまで運んできた細工物を目の前に持ってこさせた。大きいので二人がかりだ——

「な、何ですかこれは」

想像した通りに千枝松は大きな目を瞠(みは)ってたじろいだ。その反応こそ忍に見せてやりたかった。

そこに置かれたのは長い木の棒だ——ただの棒ではない。

「三間(げん)ある」

十八尺。長身の祐高の身の丈が六尺なのでその三倍だ。

こんなにまっすぐで長い棒は市になかった。寺社や貴族の邸の柱とする上等な木材では鉾頭に嵌(は)め込(こ)むには太すぎる。庶民はわざわざ太い棒を細く削ったりするまい。ここは火葬の薪にも困る鳥辺野だ。

そこで長さ一間の細い棒を三本用意し、端に溝を切って嵌め込み、木釘で留めてつなぐことにした。木工の皆には手間をかけさせた。

横にすると大変だが縦にすると一人でも持てなくはない。いつもは牛車の後ろで傘を持っている仕丁一人が掲げて持ってきたが、洛中ではさぞ人目を引いただろう——

「〝鬼の逆鉾(さかほこ)〟の柄だ」

「は？」

「生臭坊主がくびれる前にへし折って燃やした木は妙に多かった。この家で出る食事はよそで作って持ってくるから、薪の用意などないのに。——柄が長かったのだ」

仕丁が二人がかりで、井戸から出てきた鉾頭に棒の先端を差し込んで木釘を打つ。寸法通りにできていたらしくぴったりだった。逆側に石突きも作ってある。

「何でこんなおかしなことを思いついたんですか。即位礼の御翳（おんさしば）より長い？」

「そのはずだ」

翳は女官が持つ薄絹の大きな扇で柄が十二尺。遠くから高御座（たかみくら）の中の帝の玉顔を隠すものだ。絵の中の天女が持っていたり、貴族の牛車行列や寺社の祭りで使ったりもする。

それより長い三間の〝鬼の逆鉾〟が出来上がると、純直が面白がって両手で掲げた。

「人の武具ではないですよ、これは。逆鉾とは何が逆さ？」

長すぎて、振ると純直の方がよろめいた。転びそうになって踏みとどまる。もう一度逆に振って、やはりよろめいて今度は尻餅をついた。

純直は弓矢を使うので腕の力はあるはずだが、作り方がまずいのか柄がしなって使い手を振り回してしまうようだ。鉾頭が重くて釣り合いが取れないようでもあった。

「これで人を突くなど無理ですよ。長く持ったら柄がたわんで鉾先が下を向きそうです。だから逆鉾ですか？」

「この鉾頭は鋳物で、鍛造した薙刀の刃より重いのかな」

銅や金銀は融かして型で鋳るものだが鉄は同じやり方ではどろどろに融けない。鉄は熱して軟らかくなったところで叩いて鍛えるのが常識だ。

尋常でないこの鉾頭は実用品ではなく、祭礼用に作られたのかもしれなかった。

「これでは的に当たりません。短く持ったら柄が邪魔で動けない。重くて疲れます。竹では駄目だったんですか。遠くのものを狙うなら弓矢の方が楽です」

純直はぶうぶう言うが、ちょっと振り回しただけでよくわかるものだ。彼は薙刀の修練もしているのか。

並みの薙刀の柄は五尺ほどだろうか。使い手の背丈と同じくらい。兵は馬に騎乗しているので太刀より長い得物が必要だが、あまり長いと馬上で持て余す。片手で使う小薙刀ならもっと短い。

鬼の逆鉾の柄の長さは薙刀の三倍半以上、四倍に少し足りない。鉾頭に柄を差し込んで固定するので棒が太すぎても細すぎても駄目だ。竹は太さが合わない。

こんなものを操る武術は世の中にない。下手に扱うと味方に当たる。純直の言う通り、これを使いこなす練習をするより弓矢の鍛錬でもした方がいい——

千枝松は口が開きっ放しだった。別当祐高卿は公卿というがとんだ阿呆だ、馬鹿殿につき合わされた、と絶望しているが口に出せない。そんなところだろう。

「まさかこれを羽目板の穴から突っ込んで、外から女を突き殺したとでもおっしゃるのですか？」

呆れた声音を隠せていない。

「まさか。そんな半端なことはせぬよ。鬼であるからにはもっと人の道理を超える。女は身じろぎせず寝転がっていたのだ、羽目板の穴より狙いやすいところがある」

――武術など学んだこともない、子を抱いてあやすと身体の筋が痛むとこぼす非力な忍が一所懸命に考えた〝労せずして人を殺す方法〟だ。

彼女はきっと鉾がどんな武具なのか今でもよくわかっていない。薙刀のこともあまり知るまい。小刀、太刀、薙刀、それぞれに得意な間合いがあるなどと考えたこともない。

そんな人が頭の中だけで思い描いたようなものは鬼道、まやかしの術に決まっている。

〝労せずして人を殺す方法〟を探すことからしてまともではない。

だが――

「わたしの考えが正しいなら、この鬼の逆鉾の仕組みを見抜いたのは他ならぬ千枝松、そなただぞ」

「は？」

千枝松は眉をひそめた。彼はまだ気づいていない。

「人は通れず鬼だけが通れる道を日輪が暴いたのだ。そなたには真実が見えていたよ。晴明朝臣より受け継いだ霊感はそなたに真実を告げていたのに常識に囚われた心で諦めて、目を背けて物の怪のせいにした――」

「何のことです」

「羽目板の穴も中楠丸が見張っていた遣戸も関係がない。鬼が通ったのは屋根の穴だ。そなた、死人の寝床から青空が見えると申したではないか」

「ち、小さな穴ですよ? 羽目板よりもずっと」

「だがそこからならば人は殺せるのだ」

――祐高はこう威勢よく啖呵を切って、屋根の穴が見つからなかったら大層間抜けな話だったが、仕丁を一人、裏の梯子で屋根に登らせると藁葺に足跡が残っていた。地べたから屋根を見上げていてもわからなかったが、屋根に登ると他の者が登ったりうずくまったりした痕跡が見えたそうだ。藁が特にひどくへこんだところに穴もあった。

穴にはかすかに血もついているようだと。

どうやら忍の読み通り。

鬼の逆鉾は片手で持って片手だけで梯子を登るなどという危ないことをする必要もない。屋根に立てかけておけば、梯子を登ってからでも手が届く。

仕丁は鬼の逆鉾を取ると、逆さにして穴に鉾頭を通す――

三間の鉾の先は易々と屋根を潜って床まで届いた。開いた遣戸から丸見えだった。鉾先が床についてなお、鉾の石突きは屋根から大分高いところにあった。

「……鬼の逆鉾で、屋根の上から中の女を突き殺した?」

愉快なことが大好きな純直ですら信じきれないようだった。

「上から下に突くから逆鉾と名づけた。やはりそこが鬼の通り道だ」

〝鬼の逆鉾〟を考えたのは忍だが命名したのは祐高だ。

「〝偽衛門督〟のときも中楠丸のときも、夜半に家が揺れていたのは坊主が梯子で屋根に登っていたからだ。蓑を着ていたのは人に見られても藁葺に溶け込んでわからぬように、だったのかも。犬はおかしいと思って吠えたようだが」

「いえ、鉾が通っても屋根越しでは心の臓に狙いを定めるなどできないではないですか。相手は畳に寝ているとはいえ、家の中は見えないのだからまっすぐ下ろしても全然違うところを突いてしまうかも。覗き穴もあるのですか？　夜中は真っ暗なのでは？　灯台の灯り程度ではわからないでしょう。それで弓削と女と間違えて突き殺した？」

「いい、いい、いい、これから狙いをつける」

鬼の逆鉾が届くことがわかったので鉾頭は少し宙ぶらりんなぐらいに持ち上げておいて、雑色たちが家の中に道具を持ち込んであのときのありさまを再現する。本当に人を打ち抜くわけにいかないので、古い畳と藁束を用意した。藁束は太刀の鍛錬で斬りつけるものだ。今日のは手足も作って人形のようにしてある。それらを床の穴の上に置く。

家の中でもう一人の仕丁が、ぶら下がった鉾頭を手で引っ張った。上の仕丁が柄を握るのを少し緩める。下の仕丁が鉾先を藁束に当てて手を離し、上に向かって「おおい」と呼んだ。

それで屋根の上の相棒が鉾をしっかりと逆手で握り、一瞬、両足を屋根から浮かせるようにして体重をかける――

どん、となかなかの音がした。

鉾先は藁束を打ち抜き、一尺の鉾頭のほとんどが見えなくなっていた。

「どうだ」

下人どもで確かめると、鉾の先は床まで貫通している——真下に向かって男一人分の体重をかけるのだから威力は強い。このために重くても頑丈で目の詰まった木材を選んだ。竹を束ねて柄を作ったのではへし折れてしまっただろう。これも普通の長柄の武器や御鰐に求められる機能ではない。

ゆえに。

「答えはこうだ。これで床がえぐれた。六人のうち何人をこの方法で殺めたかは不明だが二、三回もやれば床に穴くらい空く。畳と床の穴はこたびの件より以前のもの。手応えがあったら男は鉾を抜いて屋根を降り、夜明けを待って戦果を確かめる。このやり方では鉾は刺したすぐ後に抜くしかない。——鉾を打ち下ろすのは男だが家の中で的を狙うのは女の役目だ」

忍いわく〝為し難きは分かち合うべし〟——

「女は道の端に座って清水詣での客から身なりがよくて従者を多く連れていない助平を物色し、この家に連れ込む役目だが、色香で油断させて酔わせて眠らせるだけで仕事は終わり、ではない。犠牲者を畳の丁度いいところに仰向けに寝かせて、男が屋根に登って鉾を下ろしてくるのを待つ。下りてきたら鉾の先を犠牲者の心の臓の辺りに当てる。仕度ができたら柄を叩いて合図する。合図が来たら上の男が打ち下ろす。段取りが決まっている。心の臓を多少逸れても胸のどこかには当たる。致命傷になって犠牲者は何もできない。肋を割られて肺腑に血が溜まって死ぬのを待つのみ、苦しむ時間が少し長引くだけだ」

屋根の上の男には家の中が見えなくても、女は睦言をささやいていれば犠牲者の胸をまさぐって鼓動を聞くことが可能だ——その二者を屋根の穴と長さ三間の鉾の柄がつなぐ。

「また女は、犠牲者から衣を剝いで脇に避けもする。男女がいい雰囲気になって衣を脱いで、それをごっちゃにかぶって寝ているところに鉾を突き下ろしたら折角の絹の衣に穴が空き、血がついてしまう。金に換えられなくなる。あの日の朝は弓削が女の亡骸に驚き、衣をかき集めて中楠丸を置き去りに家を飛び出して、着ながら洛中まで走って逃げてきたとのこと。選り分けられて弓削の衣だけまとめて置いてあったから自分のものだけ取り戻すのが容易だったのだ」

寝るときは衾という寝具をかぶるが巷には脱いだ衣をそのままかぶって寝る者も多い。男女が共寝すると脱いだ衣もお互いのものが混じってしまう。古歌で独り寝がわびしいというくだりがよく使われるのは一人分の衣しかないと寒いのもある。昔は逢瀬の翌朝はあえて一枚、恋人の衣を着て帰るものだったとか。

この家の女は犠牲者の衣を血が飛ばないところに避けて、穴が空いてもいいような粗末な衾をかけていた。暗闇で満ち足りた犠牲者は寝具が何かなど気にするまい。

「弓削は見た目より文弱、だがこれまでの犠牲者六人のうち誰かはまともな方法では相手にできない手強い武人だったのかもしれん。屋根を挟んでいれば反撃される心配がない。このやり方だと殺した者に返り血が飛ばない。一度やってみたら楽だと味を占めた」

「――徹頭徹尾、罠にかけるためのものだから薙刀より重くて弓より取り回しが悪くても困らない――」

純直の声が低くて祐高ははっとした。全く信念に反するものを見せられて、理解はしたが納得はしていない。握った拳がそう語っていた。

純直は武器を手にする者は明るいところで機敏に動く相手と一人で戦うものと信じ込んでいた。勇敢な者に鬼の逆鉾は使いこなせない。ご大層な見た目で、動かない相手を一晩に一人しか殺せない武器。この鉾の異形の長い柄は臆病と怠惰の表れだ。

祐高は忍の非力を知っているので臆病も怠惰もかわいく見えた。彼女のために手間をかけて柄を作ったが、完成した鬼の逆鉾は彼女の歪んだ一部だけが切り取られてかわいげがなく悪辣だ。――なるほど、この策は純直に嫌われても仕方ない。

「本当に祐高さまがこれを思いつかれたのですか？」

「実は人に教わった」

「よかった。こんなの戦では通用しません」

本音は「こんなことを考えるやつは尊敬できない」だろう。

「騎馬の武者が駆け巡る戦場では、な」

「戦場に守ってくれる屋根はないですしね」

不愉快そうな口調が面白い。ここであからさまに怒ったのでは千枝松と同じと思って堪えているのだろう。

「夜中に男が屋根によじ登って、家が揺れているのに犠牲者が気づいたら女はどうするのでしょう？」

「〝今宵の鳥辺山は風が強くて恐ろしゅうございます〟とか甘えてごまかすのかな」

「〝ここはガタガタ山だから家がガタガタ鳴ります〟くらい雑な話でも床では粋に聞こえたりするのでしょうか」

幸い純直は冗談にしてくれた——が、祐高は内心で考え続けていた。

戦場に屋根がないのなら作ってはどうだろう？

弓を防ぐなら盾——騎馬を防ぐなら柵？

一人二人では死角に回り込まれて終わるから何十人、何百人に盾と三間の鉾を持たせ、大きな毬栗のような陣を築いて死角をなくす。両手が塞がるから武術の心得のない者でいい。弓や馬は使いこなすのに鍛錬が必要だが、心得のない者で済むなら下々の民草を広く徴発して——

いや、これは重すぎて片手でかまえるなんて不可能だ。残念ながら鉾頭も柄も手間がかってたくさんは作れない。一対一なら弓矢の方が強いのでこの話はここで終わりだ。そこまでして戦う相手もいない。平将門が坂東に再び現れたら考える、でいいだろう。

それ以前に、純直が憎むべきは解き明かした忍ではなく卑劣な犯人どもだ。

相手の顔も見ずに鉾を突き下ろすだけなのだからきっと生臭坊主は屋根の上に登ってしまえば何も考える必要がなかっただろう。顔を赤く塗っていたのは普段の自分と違うものになるための意気込みだったのかもしれない。

「男と女と三間の長鉾と屋根の穴と犠牲者を寝かせる畳、全てが揃ったときにこの家は人喰い鬼となる。男だけ、女だけ、家だけが鬼だったわけではない。住む者も含めての〝家相〟だ」

祐高が話していても、中楠丸は興味なさそうに垂らした洟を袖で擦っていた。

その隣で弓削は青ざめて少し震えていた。思い当たるふしがあるらしかった。

気の毒になった。

「——女は最後に弓削ではなく己の心の臓に鉾先を当てて合図を送り、このようなことになった。間違いなどではなく女が覚悟して選んだのだ。恐らく腕枕云々も自ら具合のいいところに寝そべるための方便だ。女が死んで自分も鬼になることができなくなって、あの生臭坊主は首をくくることになった」

祐高は彼の肩を叩いた。

「女は弓削が陰陽寮の者と聞いて怖じ気づいただけでなく、仁徳に触れて己が行いを恥じ入りもしたのだろう。人から衣を剝いで殺めて、もう六人もその手にかけて。これまでの所行、己が命で償おうとしたのだろう。そなたは誘われたときは軽薄な心しかなかったのかもしれないが、女を改心させるきっかけになった。わたしはそれを功徳と思うぞ」

「そ、そうでしょうか」

「うむ、京にだらしない女好きはごまんといるがそなたのように情に篤い者は少ない。誇るとよい」

いや本当に、心が洗われるようだ。

「女は朝に化粧が乱れているのを見られるのを嫌って、誰より早く起きて顔を洗うものだ。だがあの綾という女は化粧の乱れた恥ずかしい顔を晒して死んだ。そなたを殺めずとも一人、走って逃げたりすることもできたろうに、そなたに抱かれたまま死ぬことを選んだ。敬うべきものを感じたからであろう。男女の情愛は互いを敬う心があってこそだ」

弓削が顔に両手を当てて膝を折った。すすり泣くのを聞いて祐高は満足した。そうだ。情人が死んだときの反応はこういうものだ。どこぞの公卿たちにも見習わせたい。

「――さて」

最後に祐高は、千枝松に向き直った。

「……無茶苦茶だ」

千枝松はあまりのことに打ちひしがれたのか、しゃがみ込んで手を突いていた。多分もっと文句を言いたいのだろうが、現実に屋根に血がついていて仕掛けが動くのだから。

元々この謎解きは、彼をねじ伏せるためだけにあった。

「現実に向き直って熟慮した結果、使庁の沙汰はこのようである」

彼にとどめを刺すべく祐高はしゃちほこ張って胸を反らし、大きな声で宣誓した。

「この家に憑いていたのは常軌を逸した人喰い鬼であり兇賊でもあったが、陰陽寮の学生・弓削によって祓われた。もはやこの家が人を喰い殺すことはない。死した女の霊魂は弓削の功徳に託し、弔う者のない生臭坊主の骸は獣に喰われて朽ち果てるに任せる。一応この家は取り壊してしまうことにする。鬼の逆鉾だけは戦利品として我が家の家宝にでもしようか。そして安倍千枝松、そなたには我が妻より言伝がある」

「妻?」

千枝松は顔を上げた。きょとんとしていた。

「──その目で屋根の穴を見ながら人を殺すほどの禍々しい家相を見抜けなかった半人前。晴明朝臣譲りの仙骨の持ち腐れ。世をすねて大人を馬鹿にして親の悪口を言ってばかりいないで、学生はちゃんと陰陽寮で勉強しなさい」

それが忍から千枝松の無礼をたしなめる言葉だった。

白桃殿さまご乱心

1

ある日、祐高は衛門督朝宣の邸に呼ばれた。宴でもないのに呼び出すとは珍しい。朝宣が遊びに来ることは多いが祐高から行くことはあまりない。

十年以上つき合いがあるのに朝宣の私生活は謎だった。何を食べているのかいつ寝ているのか——寝殿の庭は当たり障りなく池を作って松など植えて、彼の奇矯な性質とはほど遠い凡庸な造りだ。

「よう、別当さま」

寝殿の母屋で待っていたのは螢火だった——不思議な縁で知り合った難波の遊女だ。朝宣の趣味なのかそれらしく化粧して女房装束をまとって見た目だけは上﨟女房の風情だが、相変わらず長袴の裾をまくって見えないはずの足首が出る妙な座り方をしていた。

「まだ京にいたのか」

「折角だから着鈦(ちゃくだ)の政(まつりごと)を見て行こうと思って」

螢火は歯を見せて笑った。

「……長く居座るつもりなのだな。次、あるかどうかわからぬが」

「半年くらい遊んで暮らそうかなって。あたしこれまで働きすぎだったんだ。京でいろいろ見聞きすれば芸の肥やしになるし、〝公卿さまの御寵愛を受けた〟って箔(はく)がつくし」

「やりたい放題だぞ、この女」

朝宣はうんざりした顔で脇息にもたれている。祐高が螢火の世話を朝宣に押しつけたものの、漁色家(ぎょしょくか)の朝宣とうら若い遊女の螢火がどんな人間関係を築いているのか——

「こいつ女のくせにこの間、朝帰りした」

「そういう流れだったんだから仕方ないじゃないか」

かなり祐高の想像を絶するものだと瞬時に判明した。てっきり愛人にでもしているのかと。螢火は悪びれるでもなく取り澄ました顔すらしていて、朝宣の方が舌打ちした。

「自分の立場をわかっているのか？　誰のおかげで飯が食えると思って」

「今の聞いた？　粋人(すいじん)のお殿さまとも思えないお言葉」

「お前が言う筋合いはないとわたしも思うな」

「祐高卿には筋合いだの理(り)だのがあるような言い草だ」

ないと言えば義理も道理もしがらみも何もない奇妙な三人だった。

「螢火の近況を知らせに呼んだのか？　まさかわたしに浮気の仕置きをせよと？」

「まさか。螢火が市で面白い話を聞いてきたから、卿にぜひ聞かせてやりたいと思った」

「市とは、まこと好き放題出歩いているのだな」

「ここで珍妙な飯を食ってばかりも退屈だからねえ」

「珍妙な飯とは？」

「余計なことを言うな」

螢火は市女笠をかぶって草鞋（わらじ）を履いて一人でどこへでも歩いていくとのことだった。

「サンミノチュージョーさまだっけ？　薬でひどい目に遭ったとか。その話を聞いて回ったのさ」

と螢火は紙を板敷に広げた。例の下品な偃息図だ――

〝比名湯　酒以服事　精力絶倫　回春〟

以前に見たものと絵は同じだが下に書いてある文が随分短い。

「――中将さまを昏倒せしめた媚薬か」

「やられっ放しでは面目が立たんからな。使庁でも薬師を追いかけているのだろう？」

「捜してはいるがなかなか」

「今は市にはいないよ、ハクトウデンさまのところにいるって」

螢火の出した名で祐高は顔が強張った。

「――白桃殿さま？」

「そう、大将祐長令室白桃殿の上だ」

祐高にとっては兄の正妻だ。正月などに何度も挨拶している。格式ある右大臣家の長女。〝白桃殿〟は兄の邸宅の名で、女君の諱を呼ぶのは失礼なので〝白桃殿邸の女主人〟とぼかして呼んでいる。

「例の薬、荒三位が引いたのは〝はずれ〟だったが〝当たり〟もあって下々や受領のみならず、上つ方にも好評だとか。贔屓にしている中で一番身分の高い白桃殿の上が近頃、薬師をお抱えにして邸に住まわせているらしい」

「胡散臭い薬師が兄上の邸に？」

「薬の調合だけでなくまじないもするらしいぞ」

「三十くらいの男と、男か女かわからない有髪の僧の二人組だってさ。〝男でも女でもない大雛童子さま〟とか言って神さまの力で子授けに子流し、恋愛成就、愛人のところに逃げた夫君を連れ戻す、何でもするんだって。でかい口を叩くもんだよ」

螢火は気楽にけらけら笑っている。他人ごとと思っているのだろうか。

「まじないはあたしもする。子授けは先月何を食ったのがまずいとか何とかごまかして二年くらい粘れるけど、子流しは流れなかったら十月十日でばれちまうからやらないのに。どういうつもりなんだか」

「いんちきまじない師？」

「薬にも〝当たり〟と〝はずれ〟があるような連中だからねえ。〝男でも女でもない〟ってのは二形なのかねえ？　たまにいるらしいよ」

——頭の痛い話だ。

「これはことだぞ、いんちきだったとして使庁は薬師だのまじない師だのを捕縛するために近衛大将の邸に押し入るなどできまい」

朝宣もなぜだか嬉しそうにまなじりを下げて笑んだ。

「それも卿の尊敬する兄上だ。伏し拝んで捕縛させてくださいと頼み込むか？　大将は愛する弟の頼みなら薬師やまじない師の二匹程度、喜んで差し出すのかな。荒三位が手痛い目に遭ったくらいで兄と揉めていられない？」

　このところ祐高は兄と険悪だ。兄弟喧嘩を高みから見物するつもりか。

「薬師の態度次第だ。おかしなもので京の風紀を乱してもらっては困る」

「態度はもう十分悪い」

「他人ごとか、人妻好き。白桃殿さまには手出ししていないのか？」

「昔遊んだが、大変な暴れ馬だ。気位が高くて気乗りしないときは脇息を投げつけてくる。今では大将祐長卿が脇息を投げられていると聞く」

　——答えるやつがあるか。今の朝宣のこの顔は忍が言うところの「気持ち悪いにやけ笑い」なのだろう。忍は彼の垂れ目も下睫毛も嫌いらしい。

「白桃殿さまがものを投げるようになったのはお前が……」

「勘違いするなよ。気乗りするときもあった。それでも自分の立場が上だと男の頭を押さえつけてくるような女だ。あれと十五年近く連れ添っている祐長卿はすごいものだ。どうかな。堪忍袋の緒が切れてこたびの騒ぎか？　夫に対抗すべく、おれと駆け落ちしたいと言ってくるかな。こちらは書き損じの古紙を集めて漉き直しをやっているのではないが」

「冗談のつもりだったのに」

「冗談ではないぞ。あれは恐るべき女傑だ。何でもする。あれほどの女が困っているところなど、見てやったりしたら礼を失する。あちらが万全に美しいときに声をかけてやらねば。助けを求めて取りすがってくるのは恋愛ではない」

何と突き放したもの言いだろうか。

「見たら失礼とは何だ、価値が下がるとでも」

「そうだ、いい女は人に見られただけ減る。みっともないところを見るなど命を取るより惨い。当たり前のことを今更」

「初耳だが」

「純情ぶっても得はないぞ。まあ本気でわかっていない荒三位のようなやつもいるか。あんなにひどいと思っていなかった。自分さえよければ何をしてもいいのかあいつは？」

「お前に言われたくはないだろうな。価値が下がるとか何のたわごとを」

女の価値とは何だ、美貌か？　機知？　人格？　見られて減るとは思えない。

「わたしはつらいときに弱っている相手を支えてやるのが真の愛と思う。助けを求められないような相手と縁を結べるか。相手をいたわる心がなければ何を言ったところで助平の言いわけだ」

祐高は当たり前のことを言うのをためらわない、そう決めた。非常識な連中に一から人情というものを教えてやるのだ。だが朝宣は怯まなかった。

「卿は勘違いしているな。小金持ちの受領などが米俵と溢れる愛を手に貧乏宮家の姫君ににじり寄って恋を得る、おれはそういう話が大嫌いだ」

「わたしだって嫌いだ。弱みにつけ込むのと相手を敬っていたわるのは全然違う」

「同じだ」

朝宣は言い切った。

「夫につれなくされた人妻の前に颯爽と現れれば恋を掠め取るのはたやすい。手負いの獲物は狙いやすいというだけだ。甘い言葉をささやいて現実から目を背けさせる。女が背負った不幸の分だけ恋が熟柿の如く甘くなる。そんなものが男の魅力か？　余裕のない女を見定めて隙を窺うのがいい男のすることか？」

まじまじと聞かれても。

「屍を漁る野犬と何が違う。それでなびく女は、男ではなく自分の不幸を愛して酔っているのだ。誰でもいい。女の方もいっそ盗み出して二人で逃げてくれと言い出して、結局どちらかが約束を破るのだ。何年か後にあれもいい思い出だったと。うんざりだ。おれではない他の男がやればいい」

――京では夫に見捨てられた女は最悪、死ぬ。そんな女に手を差し伸べるのは美談だと祐高は思っていたのに、朝宣がこんなに否定するとは。

「全く円満なところにもう一つ選択肢を示して、こちらが不利でも選ばれるくらいでなければ対等の恋愛ではない」

果たしてそんなことが可能なのだろうか。

――つまり祐高と忍の間に突っ込んできたとき、こいつは円満なところに波風を立ててやろうと思っていたわけだ。

「優しくしてやっただけなのに惚れられてしまった、そんなつもりではなかったのに、というのは想像力の乏しいぼんくらの夢だぞ。志が低い。本気で女に好かれるべく自分を磨く努力をするのは気恥ずかしいから次元の低い恋愛ごっこで満足したい、色欲を捨てるほど悟っていないが色恋など片手間で済ませたい、そのような半端者のたわごとだ」

祐高は頭が痛かった。

「……お前こそ夢を見すぎている。優しくしてくれるならいい人、でいいではないか」

「よく思われる努力もしていないのに恩を売ったら恋が叶うと信じている男が、あれもしてやったのにこれもしてやったのにと贈りものの数を数えては、小野小町を祟る深草少将の如くその辺を徘徊する。みっともない。恋に破れ物の怪になり果てても気づかん阿呆がうようよいる。見返りを期待して善行を施すやつは悪人よりたちが悪い。女は母親ぶって飯を食わせてくる。恩の押し売りなんぞが恋愛であってたまるか」

「女は夫に捨てられたら食べるにも困って死ぬのにお前は何もしないのか?」

「そうだ。白桃殿の上は明日にも飢え渇いて死ぬわけではないが、明日死ぬとしてもおれは絶対にあの女のそんな姿は見ない。手を差し伸べるよりよほど親切というものだ。日々の活計のためにおれに媚びを売るなど白桃殿の上ではない」

　どうしてこんなことを堂々と言えるのだろう。

「これが逆でも見るに堪えんぞ。食い詰めたかわいそうな女を救いたい見捨てられないと次々妻妾にして、寝所にずらりと侍らせているというのは。女を食わせてやる方便に色恋を使うと、男も気骨を失って腑抜ける一方だ」

「お前の愛は誰も救わないのか？」

「人を救うから美しいのであれば法師の説法でも聞いていろ。ありがたい仏像の話でもしていろよ。女だからと甘えて愛や恋に逃げずに人生の苦難は自力で克服するべきだ。違うか？」

「薬やまじないに手を出していても？」

「一時の手遊びだろう、止めに行ってやるほどでは――」

　朝宣は目を細めて檜扇で祐高を指した。

「――ああ、夫が皇女を得るなら自分は夫の弟を手に入れるという手があるな。そうか、そのために媚薬やまじない師を手に入れたとすると辻褄が合うぞ。正攻法で上手くいくはずはないから」

「ば、馬鹿を言え」

「いやいや、卿を間に挟めばあの夫婦は完璧。白桃殿の上が夫に一矢報いるなら狙うは卿だろう、最愛の弟。しばらくよそで酒を飲むなよ」

そんな風に言われると憮然とせざるを得ない。

「は、白桃殿さまはそんな方ではない、誇り高い方だ。有名な遊び人のお前ならともかく、夫の弟など歯牙にもかけぬ。兄上ですら長らく〝臣下風情〟と呼ばれていたのだ。わたしなど眼中にない石ころだ」

「その〝臣下風情〟の格が上がる一方だ。白桃殿の上も、もう一つくらい切り札を手に入れなければな。相手はあの大将祐長卿、夫を締め上げるのにいつまでも喚いたり暴れたりでは能がない。搦め手の策くらい用意しておかなければ。しかしいざ落としたら全然好みではなくて、さぞがっかりするだろうなあ。逆に大将は喜びそうだ。目に浮かぶ。卿はせいぜい家の外で飲み食いしないよう頑張れ、おれの真似をしていいぞ」

なぜか朝宣は偉そうで、今や祐高の方が立場が悪くなっていた。

「卿は忍の上を愛して一途に古巣を守る誠実な男。それでよいではないか。よその女が困っているとか気にするな」

──妻を愛していたら、どうしてよその女を心配してはいけないのだろう。

螢火が一人、当惑した目で祐高と朝宣を見比べていた。

「……ハクトウデンさまって何者なんだい？」

大将祐長令室・白桃殿の上はこのたび、京で一番不幸な女の筆頭に躍り出た。

女四の宮が夫に降されることになって〝唯一の妻〟でなくなる。

十一歳で大将祐長と結婚、二人で暮らした歳月は人生の半分を超える。嫡男も産んだ。離縁するわけではない。妻の身分はそのまま。大将祐長はしばらく女四の宮の住まう西洞院(にしのとういん)の邸にも通うというだけだ。

しかしこれから誰もが彼女を〝女四の宮より格下の女〟と認識する。

これまで夫を〝臣下風情〟と呼んできたが、皮肉なことに彼女も世間から〝臣下の女〟と呼ばれる日が来た。

大将祐長に抗議するべき彼女の父・右大臣はなぜか「皇女を賜るのは臣下の栄誉」と喜んでいた。娘が日陰(ひかげ)の身になるのを何とも思っていないように。

右大臣は嫡男である宰相中将(さいしょうのちゅうじょう)を先頃、急な病で亡くして精神不安定になり、今や次男よりも聟の大将祐長を持て囃(もはや)していると評判だ。

祐長と祐高の父・前大将(さきのたいしょう)が亡くなってから、祐長の後見は右大臣だった。前大将は死に際に嫡男に自分の位をそっくり譲りたいと言い残した。右大臣はその遺言の通りに二十そこそこの祐長を大将の位につけた。死人との約束を守る義務などないと反故(ほご)にしてしまうことは多いのに、右大臣は義理堅いという話だった。

白桃殿邸も右大臣が建築費用を半分以上出した。

ここに来て聟への入れ込み方が尋常でないとなった。さては策謀家の大将祐長はこうなるのを見越して、密かに宰相中将を暗殺して右大臣を骨抜きにしてしまったのではないか——世間にはそんな噂すら流れていた。

――真実を知ることはむなしい。

検非違使別当祐高は兄の無実を知っていたが、兄の不実も知っていた。自ら手を汚すほど悪辣ではないが他人の不幸に便乗する程度には邪悪。

そこに白桃殿の不品行。

媚薬もまじないもたまにはいいのだろうが、この組み合わせは油壺の周りで火遊びするようなものだ。

2

「その話、わたしが聞いたものと同じだわ。全く違う筋から回ってきたものだけれど」

白桃殿さまがどんなまじないで夫の心を取り戻そうとしているのか――夕餉も食べずに嘆く祐高に、忍もため息を洩らした。

「違う筋とは？」

「弘徽殿女御さまよ」

右大臣息女は上から白桃殿、今上帝の妃である弘徽殿女御、権中納言令室小夜の上の三人で全員、夫がいる。元々は後宮の女官だった桜花は弘徽殿女御と親しく、今でも連絡を取っていた。

「右大臣さまは御令嬢をお妃に差し上げる気満々だったから、白桃殿さまはてっきり御自分がお妃になるのだとそれは気位高くお育ちで」

「ああ、うん」

白桃殿は今上帝より年上。姉妹で寵愛を争っても無駄なので次女がお妃になったが、白桃殿本人は「妹より見劣りすると父から見捨てられ」「臣下の祐長に下げ渡された」と思い込んでいた——それですっかりすねて、なかなか夫に馴染まなかったという。

結婚の当初は夫も十一歳。双方の父親の意向による縁組で、最初の頃は御帳台で手をつないで寝るというのに白桃殿が大層抵抗したとか。京の貴族ではよくある話だがそんな微笑ましい時代があったというのが今では信じがたい。

「御気性が問題なのよ」

祐長と白桃殿の間には息子が二人、十歳の鯉寿丸と七歳の鮎若。鯉寿丸君は少し病弱だが鮎若君が元気でこちらの太郎真鶴とよく遊んでもらって、忍とも顔を合わせていた。

「白桃殿さま、〝わたしが入内していたらこの子らは皇子さまだったろうに〟っておっしゃったのよ……怖くて」

妹の弘徽殿女御は帝の妃になったもののまだ子がおらず、皇子を産んだ中宮に水をあけられている——白桃殿が妹と自分の夫を同時に見下した発言をするのを聞いて、忍は耳を疑った。

「今でも弘徽殿女御さまに当たりが強いんですって」

「……それで兄上は〝臣下の男〟呼ばわり、一貫している……鯉寿丸君はもう元服も考える歳であるのに」

「義兄上さまがおっしゃるのは惚気じゃないの？　妻の悪口を真に受けちゃ駄目よ」

祐高は男の言い分を聞きすぎる。

「弘徽殿女御さまはただでも後宮で妃同士、主上の寵愛を争って女の戦いで火花を散らしていらっしゃるのに、御実家の白桃殿さまがそこに輪をかけて恐ろしくて、里下がりできないって。子授けにいい食べものやら薬やら護符やら贈ってくるのが耐えられないって。わたしももらったことあるけど、良かれと思ってやってるのか厭味なのかぎりぎりで、受け取る方もきついのよ、あれ」

「ま、まさか中将さまを昏倒せしめた媚薬が主上に奉られて⁉」

祐高ものけぞった。

「弘徽殿女御さまが受け取るだけで使わずに処分なさってるらしいからすぐに主上が昏倒されるということはないでしょうけど」

「そ、それも何というか」

「ここ二、三年、御子を亡くされて気落ちしてあまり大きなものはなくなっていたのがこたびまた復活したとか」

――祐長と白桃殿の間には子が三人いた、三人目は待望の女児。

それが産まれて二日で息を引き取った。誕生祝いの宴を仕度していたというのに――

何が原因かはわからない。乳飲み子が死ぬのは珍しいことではない。祈禱をしてまじないをして薬を飲ませて、あらゆることをするがそれでも死んでしまう。

白桃殿は半狂乱で涙にくれてすっかり人格が変わってしまった。

「御自分でも改めて子授けにすがるようになったのかしら？——弘徽殿女御さまは薬は飲むふりをして捨てるけど、こたびは薬師でまじない師を勧められて。〝大雛童子〟？〝懐妊しないのはどこか悪いのではないか。里下がりして見てもらえ〟と姉君からおっしゃられると断りづらくて、まじないといっても何をするのかと大層怖がっていらっしゃるの。女御は主上にお仕えする身で気楽に里下がりはできない、白桃殿邸は大将軍の方位がよろしくないと固辞しておられるけれど、今回このままでは済まなそうで——ちゃんと考えたことなかったけど大将軍の方位って何？」

「ええと、大将軍は明けの明星にまつわる神で天上に四つの宮殿を持っていて三年ごとに移動して、只人は神の御座所の方角に行ってはいけないのだ」

「明けの明星ってそんな動き方した？」

「見た目の問題ではない。天文博士の領分だ。——近頃、天文博士の姿を見ないな」

どこまで本当なのだろう。陰陽師は貴族に方違えを提案するが、大半は「誘いを断る理由」を作っているのだと思う。

「何と我が兄の不徳が弘徽殿女御さまにまで及ぶとは」

「義兄上さまだけの不徳でもないんじゃないの、白桃殿さまの場合は」

「しかしいくら何でも薄情だ。やや子が死ぬなど当たり前とはいえ、白桃殿さまがまだ悲しんでいるのに兄上はさっさと授かり婚というのは。婚儀の前からつき合っていたのは産まれる日付でばれるぞ」

「授かったのに結婚しないよりはましなんでしょう、多分」

子を亡くすなど考えるのも恐ろしい。忍もどうなってしまうかわからない。女は皆「また産めばいい」と簡単に言う。が、それは置いておいて。

「弘徽殿女御さまが大雛童子とやらの素性を確かめようと、例の……おそくず？を親しい僧都に見せて相談なさったそうなのだけど、その反応が妙だったの」

「というと？」

「悪いことは言わないからその薬師だかまじない師だかは検非違使庁に突き出すなどした方がよろしいでしょう。拙僧は何も見なかった聞かなかったことにいたします」

これで、桜花経由で検非違使別当令室の忍に相談が来たのだった。下手に手紙に書くとうっかり落として誰に拾われるかわからないので、賢い女の童に伝言を憶えさせて。

「どういう意味かしら？」

「ぐ、具体的に何がまずいではなく見なかった聞かなかった？」

含みのある反応に祐高は目を剝いていた。

「破廉恥な絵が女御さまの恥になると思って？」

「それならまだましだぞ」

忍には皆目見当もつかなかったが、祐高の方は心当たりがあるようだった。口を手で隠し、声を低めた。

「淫祠邪教ゆえ口にできぬというのが最悪だ」

「淫祠邪教?」

「京では僧も神官もまじない師も全て役所に属する役人だ」

玄蕃寮、僧綱所、神祇官、陰陽寮――それぞれに崇める神は違えど宗教を取り扱う役所。女御の相談を受ける僧都も役人だ。

「下々はそれだけでは手が足りぬゆえ私度僧やら修験者やらいちいち誰がまずいとか言わないが――御仏の教えに反するものが大将の令室やら弘徽殿女御さまやら上つ方に広まったのでは話は別だ。今の大僧正さまは大変気が短い。御寺で食い詰めた民草を養う代わりに下働きをさせている」

「慈悲深いじゃない?」

「下働きをする間に〝なぜだか〟〝弓矢や薙刀の使い方を憶えて〟〝勇敢な荒法師〟になる――ただで飯をおごってくれるなどないぞ」

「……それって私兵じゃないの」

忍は呆れた。

「目に見える〝仏罰〟は恐ろしいぞ。何なら普通の寺でも気に入らないとなったら〝実力で破却〟されてしまう。大将の膝元でわけのわからぬまじない師が好き放題していたら」

「淫祠邪教認定されたら白桃殿邸も〝実力で破却〟されるの？　大臣さまの令嬢で大将さまの御令室よ？」

「高貴の女性に手をかけたりはしないだろうが、下人が痛い目を見て邸が打ち壊されて〝白桃殿〟の名の由来がわからなくなるくらいはある」

「使庁はどうにかできないの？」

「平少尉の手勢と大僧正さまの手勢がぶつかるのはぞっとしない。かえって騒ぎが大きくなるだけやも。――違ったとして、まじない師が兄上や女四の宮さまを呪詛したら大罪となり、白桃殿さまどころか連座で女御さまも御出家、右大臣さままで流刑になりかねない。皇女降嫁だけでなく、兄上には宰相中将さまを暗殺したという風聞が流れている、誇り高い白桃殿さまのお耳に入ったら弟御の仇を討つ、となってもおかしくない」

「まあ。宰相中将さまが亡くなったのは全くの偶然なのに」

「まこと下衆の勘繰りとは度しがたいものよ」

御寺も検非違使もまじない師如きに大わらわとは。

「淫祠邪教とは考えてもみなかったわ。――なら桜花の話に乗るしかないのかしら。弘徽殿女御さまの代わりにわたしに白桃殿邸の様子を見てきてほしいと言うの。特に義兄上さまが女四の宮さまと御結婚される三日の間」

忍はそれを聞いたときとんでもない提案だと思ったが、祐高はあっさりうなずいた。

「そうだな。わたしも兄上に面と向かって白桃殿さまが囲っているまじない師を差し出せとは言いにくいと思っていた。兄上はまるで事情を御存知ないということもありうる。白桃殿さまは女人、同じく女人である忍さまから申し上げた方がよいな。なるほど、どうしようかと思っていたが忍さまが行ってお諫めするという手があったか」

「祐高さまは乗り気なのね……」

正直、白桃殿には散々いびられて忍も少し怖いのに。かの御仁の話題はどこまで本気かわからない健康法だとか、何人目の子がどうの夫婦の契りがどうのとか。あるいは今回は夫の悪口で泣きさざめくのか。

「弘徽殿女御さまの里下がりなど大仰な話になるし、忍さまはたまにはあちらのお邸に挨拶に伺うのだし。男から女に声をかけるなど非礼であるし。それも兄の妻に。そうか。忍さまが訪ねるという手があった。我が妻ならば」

祐高は露骨にほっとして、助かった、という顔をする。

安心して、夕餉まで食べると言う。今日は鮎の焼いたのを用意させていた。

小ぶりの鮎だったため、祐高は頭からばりばりかじってさらさら湯漬けをかき込んだ。現金なものだ。忍は億劫でそこまで食が進まない。白い身をちまちまとほじっていた。

「──このたびのこと、義兄上さまが白桃殿さまを離縁するのにわざと怪しいまじない師を送り込んで悪評を立てたとは思わないの？」

「それで大僧正さまに仏敵認定されるほどの淫祠邪教を呼び込むというのは御自分も危な

い橋を渡るな。下手を踏むと右大臣さまのお邸まで破却されてしまう。——右大臣さまは白桃殿さまが御実家に帰るのをお許しにならない」

「御実家は白桃殿さまの味方をしてさしあげるべきでしょうに」

京の男は妻も愛人も何人も持つのが珍しくないとはいえ、耐えかねた妻が実家に帰るというのはよくある。大将祐長はもとから浮気者だが今度の相手は格上——

「何せもう結婚して十四年、兄上はわたしや父母と邸に住んでいた時間より白桃殿さまと暮らしていた時間の方が長いのだ。流石に若い頃はよく実家にいらしたが」

男なら飯は家族ではなく女に食わせてもらうのが甲斐性というものだった。

娘を持つ男親の気持ちは忍には永遠の謎だ。忍の父は祐高を気に入って、新婚の頃はやたら酒を飲ませてなかなか忍の部屋に寄越さなかった。誰の聟かと憤慨(ふんがい)したものだ。今は
「うちの娘のせいで祐高卿の皇女降嫁の話が台なしになって。皇女降嫁は臣下の誉れ。妻は夫を立てるべきなのに逆に足を引っ張って、許してくれ」と嬉しそうに内裏で祐高にすり寄っているらしい。——本当に女三の宮が降されていたら、父も右大臣のように喜んだのではないか。

十一歳の祐長を二十五まで育てた右大臣は、あれはあれで一人前の政治家を育てたと満足しているのだろうか。右大臣は自分が健在なうちは何だかんだ女四の宮より白桃殿の方が強いのだから今は娘を甘やかす必要などないとみているのか。

男にとって皇女殿下など帯を飾る宝玉に過ぎないのか。

先帝の御子というだけで容姿や人柄に言及されない皇女殿下も気の毒なことだ。

続けざまに鮎をばくばく三匹食べて、祐高は腹が満ちたのかため息をついた。

「昔、白桃殿さまのお顔を直接拝したことがある」

「まあ。垣間見たの？」

まさか祐高がそんなふしだらなことをするとは——

「兄上が結婚なさってすぐだからほんの童子の頃で、兄上がお呼びになるのでついて行ったらいらっしゃった」

だが彼はぼんやりしたものだった。

「白桃殿さまはかんかんに怒って、いかに童子でも他の男を連れてくるなんてこんな無礼なことがあるかと。兄上はまだ子供なのだからいいだろう、紹介したかっただけなのに、心が狭いとこれまたお怒りで。わたしは二人の間に挟まれて大層いたたまれなくて」

十二や十三の少年少女の間でまごまごしている十歳ほどの祐高を想像すると微笑ましいが、本人はさぞ困ったのだろう。

「それで、まさか白桃殿さまの面影を忘れられなくて憧れて？」

「いや正直、あの頃のわたしには京の女君は皆同じ顔に見えてよく憶えておらぬ。……それよりものすごい声で喚くので怖くて。京で一番恐ろしい女とは白桃殿さまと思っていたくらいだ」

高貴の女は皆、同じように髪を長く伸ばして流行りの化粧をしているのだから祐高の認識はその程度だった——忍の立場としては本当にあの人が忘れられないと言われても困るのだが、いくら何でも白桃殿に失礼ではないだろうか。祐高はもう少し目上を気遣って歯に衣を着せるということを。

「後になって、兄上が白桃殿さまに我慢しておられるのにわたしが忍さまの文句を言うのはおこがましいとも思った」

「どういう意味かしら」

「兄上はわたしたちに子が三人も産まれて呆れたとおっしゃったが、わたしもあちらに二人——三人も御子がいるのに呆れている。あんなに兄上は軽んじられていたのにそれなりに円満だったのか？」

祐高は眉をひそめている。

「白桃殿さまは何をお考えなのだろうか。本当に媚薬やまじないや異教の神仏などにすがってでも兄上を引き留めて新たな子を授かりたいのか、あるいは——」

十四年目の夫と妻。その間にいかなる愛憎が渦巻いているのか、蓋(ふた)を開けてみなければ呪(のろ)い殺したいのか。

まるで見当もつかない。

忍に投げっ放しというわけではない。白桃殿邸には桜花も行く。彼女は弘徽殿女御のゆかりの人物、というだけでは一人で近衛大将令室に目通りできる立場ではなかったので多少なりと縁のある忍を巻き込んだのだった。

白桃殿邸への訪問は二泊三日の長いものに決まった。表向き、貝合わせの会ということにして。右と左に分かれて蒐集した貝殻細工を見せ合う——日付を大将祐長の婚姻の三日目にかぶるように指定した。呪詛を行うならその日だ。半ば牽制のつもりだった。

白桃殿はそれで承諾した。ならば目的は呪詛ではないのだろうか。

どうせ薬やまじないを勧めるばかりで本気でやるわけではないだろうと思いつつも、それなりに貝殻細工は美しいものを御覧に入れなければと、忍は女房を総動員して塗籠からいろいろ引っ張り出した。

近頃、祐高が姫のために新調したものがこちらの主戦力か。蛤の貝殻に花や貴人の絵を描いたものだ。他には鮑の貝殻の内側を虹色に磨いた細工物、桜貝、宝貝。埃など溜まっていたらみっともないので確かめて柔らかい布で軽く拭う。

「三郎も連れていくの？」

「ぜひ。乳母もいるけれど目を離せないということで」

桜花も自前の貝を持ってきた。栄螺の貝殻が真ん中を残して朽ちて、螺旋にねじれた部分だけ真珠色の骨のようになった珍品だ。宮家に伝わるものだとか。味わいのある美しさで、これを見ると大きいだけの法螺貝など出す気にならない。

「わたしから巻き込んでおいて何ですけれど、近頃、忍さまは危なっかしいのですもの。相手は因縁ある大将祐長卿の妻君、何があるかと」

「因縁ねえ。わたし、そんなに義兄上さまのこと恨んだりしてないけど」

「は？」

なぜか桜花は貝細工を手に固まってしまったが。

「あの方、衛門督朝宣のように気持ち悪くにじり寄ってきたわけではないし。女を差し向けてきただけだし」

「だけ、とおっしゃいますか？」

「今となってはいい思い出よ。螢火、元気にしてるらしいわ」

「あれからまだ二ヵ月ほどしか経っておりませんが？」

「祐高さまも騒ぎすぎなのよ。弟君を気遣って恨まれるなんて義兄上さまも大変よねえ。祐高さまは義兄上さまを悪く思いすぎよ。わたし、こうなったら白桃殿さまをお助けして義兄上さまと祐高さまの仲を取り持ってさしあげようと思っているの。義兄上さまは聡明で弟思いでいらっしゃるし、宰相中将さまの仇なんてあるはずないのはわたしが一番知っているし。というか、祐高さまはそこまで言えるほど？　御自分の胸に手を当てて考えてほしいわ。あの方こそ本当にわたしを愛しているのかしら。ここ半年、二郎が産まれた勢いでその気になって舞い上がっているだけじゃないの。急に色気づいただけなんじゃないの、人より大分遅いけれど。熱しやすく冷めやすい。男君の言うことなんか真に受けるだけ損だわ――」

忍はぼやいていたつもりだったが。

気づくと、桜花のみならず貝殻の手入れをしていた女房たち全員が手を止めてじっと忍を見据えていた。なぜだか異様に空気が強張っている。

「な、何、皆」

「忍さま、やはり本調子ではないですよ」

桜花が大真面目にうなずいて、乳母の手から二郎を抱き取って忍に手渡してきた。渡されたものは抱くしかない。

「今の忍さまはひどい目に遭いすぎて、現実から目を背けていらっしゃる」

「そ、そう？」

「この重さ、この重さが現実です。夫君の愛が見えないときでもあなたさまには二郎君がいらっしゃいます。ここに帰ってくることをお考えになって」

「別に夫の愛を見失ってはないけど」

「見失っておられますよ。太郎君、姫君はもうかなり手を離れたとお考えでしょうが、乳離れしていない二郎君はまだ忍さまの一部です。乳母がいれば大丈夫などと思わないでください。これがあなたさまを現世につなぎ止める無償の愛ですよ」

「大仰よ、桜花。子なんて糞袋(くそぶくろ)よ」

忍は軽くはねつけたが、桜花の言葉に女房たちはうなずいている。

二郎はよく寝ていてむにゃむにゃ言っている。この温かみと柔らかさが現実とは？　一体今、忍は皆に何と思われているのだろう。

貝の仕度ができる頃、女房の葛城が進み出た。見慣れない少女を伴っていた。

「ええと、忍さま……わたしの女の童としてこの者を連れていきたいのですが……」

なぜか葛城は半笑いだった。

女房につき従って世話をするのが女の童。必ずしも小さい女の子ではないが、葛城が連れてきたのは小柄でギョロ目の少女――

いつぞや修羅場を期待して几帳の陰から覗き見た陰陽師見習いの少年に似ているが――

「千枝です」

声は高かったが女っぽくなくのどぼとけがある。結わえた長い髪は付け毛なのだろうか。上に着た薄紅の細長はなかなかかわいらしい。葛城のお古？

……目を瞠るような美少女ではない。しかし眉をちゃんと抜いて描き、白粉も紅も塗っているので、質感として〝こういう女の子〟はいる。女だって目つきのいい悪いはある。きっと葛城は自分の妹にしてやるように心をこめて化粧を施したのだろう。

つい忍は尋ねてしまった。

「ええと、あなた何歳？」

「十六です」

「純直さまが悩んで病んでしまったという話は何だったの？」

元服した大人の男が烏帽子を脱ぎ、髻を放って女装するというのは大変屈辱的なことだと聞いたのだが。

「その少将純直さまが、桜花さまと忍さまの身の上を案じて千枝松を。呪詛などあったら対処できるでしょうし」

「こちらにも男でも女でもないまじない師を用意しました」

千枝松――千枝本人は緋色の女袴など何とも思っていないようで、堂々と顔を上げていた。白粉のせいか赤くすらなっていなかった。

「千枝は全く気になりません。まだまだ半人前、助さまの御命令があれば床下にも潜るのですから、忍の上さまの御命令ならば女装くらい」

命令した憶えはない。

「この姿で家族や陰陽寮の仲間に会えと言われれば憤死しそうですが、幸い白桃殿邸の女房や女の童に知り合いなどおりません。知らない人にどう思われても平気です。後日、何か人に尋ねられるようなことがあったらうちの姉がいたということにしてください」

純直は自分が嫌なことを人に命じるのはどうなのか、千枝松は継母に育てられているというが実家でどんな扱いを受けているのか――いろいろなことが忍の脳裏をよぎったが、本人がいいと言うのだから感情のやり場がない。

「忍さま、大丈夫ですか？」

「女の子に見えるし……」

普段は祐高以外の男の前では縮こまってしまって声が出ないのだが、千枝は〝女の子〟判定だった。千枝は胸を張った。

「ありがとうございます。こうなれば痴れ者の小僧ではなく残念でも小娘になりたいです。恐ろしいまじないがあればいいですね！」

「恐ろしいものがあればいいとは何ですか、千枝」

「失礼しました、折角こんな格好をするならお役に立ちたいと心が逸りました」

やる気があるのはいいことなのだ、多分。

「陰陽寮は直接かかわっていないのでおかしな話でも黙っております。このなりで何を言ってもたわごとですし。御寺の皆さまは、魔除けなど必要なところでよく顔を合わせるというだけで義理はありません」

「た、頼もしいわね。わたし、まじないに詳しいわけではないし霊感もないし」

「まじないと霊感ならばお任せを。我こそは晴明朝臣の末裔なれば、淫祠邪教何するものぞ。敵に大僧正さまほどの霊験があっても打ち破ってみせましょう」

「大言壮語するわねえ。御寺の皆さまの功徳は苛烈と聞くけれど？」

「我が家に荒法師を恐れる者などおりません。末の弟でも立ち向かいます」

少々自信過剰なのが気になるが――

「白桃殿邸の裏方に天文博士がいたらわたし、死ぬと思うけどそういうことはないの？」

千枝の足を掬いそうな術師といえばまずはそこだが、千枝は鼻で笑った。

「ないですよ。あのぼんくら、今頃どこで何をしているのか。大将さまの御令室に取り入るなんてできるものならやってみろという感じです。ましてや忍さまを死なせるなんてとてもとても」

その言葉で少し驚いた。

「あなた、父親の居場所知らないの？」

「知りません。女の家ではないようですが。ましてや大将さまのお邸など」

「本当なのかしら」

「そんな甲斐性があったら見てみたい」

――なら病気療養とは何だ、木崎に湯治にでも行っているのか。陰陽寮で一番人気のまじない師がこんなに長く休んでいるなど医者の不養生も甚だしい。やせて儚げな風情なので身体を悪くしたとすれば心配なのだが。

忍に桜花に千枝松――この顔ぶれは、恐らく最強なのだろう。なのになぜか不安だ。

3

陶淵明の詩によれば桃源郷とは神仙の住まう国、ではない。

ある日、漁師が見たこともない山里に迷い込んだ。

そこは桃の花が咲き、犬や鶏がのどかに鳴いている。

村人に聞けば先祖は秦の始皇帝に国を追われ、ここで田畑を耕して蚕を飼い、代替わりして五百年も暮らしているという。今の唐土の帝が誰かも知らなかった。知らないので重い税を支払うこともない。

漁師は家に帰るとすぐに他の人に里のことを教えた。

噂を聞いていろいろな人がその里を目指した。太守に世捨て人まで。

だが不思議と里への道は二度と見つからなかった――


日の本において桃は邪気祓いの力を持ち、不老長寿をもたらす神聖な木。その白い花を描いた絵が白桃殿の北の対の母屋に天井画として掲げられていた。珍しい格天井となっている。陶淵明の詩にある犬と鶏は衝立に描かれている。

忘れ去られて人目に晒されることのない穏やかな里とは、今となっては皮肉な意匠だ。

「いつ見ても立派なものですねえ。頭の上に桃の花が咲いているとは、さぞ寿命が延びることでしょう」

これは忍が白桃殿邸に来たら必ず言うことになっているお世辞だ。名高い天井画は北の対の母屋、御簾のうちに入らなければ見られないのだから、目にすることができるのは選ばれた賓客だけだ。泣いても困るので二郎と乳母には西の対に部屋を用意してもらった。

「誰の酔狂やら。桃の木でまろを黄泉平坂に閉じ込めておこうというのではないか」

「黄泉路の鬼など、こんな美女を捕まえて御冗談を」

「美女と褒めてくれるのは女ばかりよ。あるいは女は頭に花が咲いているくらい気楽であれ、ついでに邪気も祓えと言うのか」

白桃殿はくつくつと笑った。忍の知る貴女で夫を呼び捨てにするのは彼女だけだった。

神話にいわく、国産みの神・伊弉諾尊(いざなぎのみこと)は産で死した伊弉冉尊(いざなみのみこと)を追って黄泉の国に行ったが、腐り果てた妻の姿を目の当たりにすると恐れおののいて地上へと逃げ帰った。怒った伊弉冉尊は女鬼を差し向けたが、魔性どもは皆、坂に生えていた桃の実を投げつけられ追い返された――

白桃殿は二十五歳の女盛りで長い髪も色鮮やかな襲の装束も絢爛(けんらん)だったが、忍の記憶より随分とやせた。以前から吊り目で目つきが怖かったのに、ほおがこけて人相に凄味(すごみ)が出た――黄泉路の女鬼の頭領といっても説得力があるほど。

姫君の不遇以来、手紙は交(か)わしてもじかに会ってはいなかった。

今日の白桃殿は目だけがぎらぎら輝いて、子を喪い夫に去られてめそめそした風情はなかった。

理屈ではお家を巻き込む呪詛などないと思いたかったが、いざ顔つきを見ると呪詛もありえる――改めて背筋が伸びる。

「忍の上は近頃、大層な騒動で心乱れることばかりとか？」

そう聞かれると「はい、主に大将祐長さまのせいで」とも言えず、曖昧に微笑んだ。

「側仕えの者どもが申すには、わたくし、夫への愛を見失っているそうですの」

「ほう、京で二番目に幸せな女と名高い忍の上がなあ」

「多分、近くにいすぎても上手くはいかないのですわ」

謙遜だけでもない。近頃、彼とは何か調子が合わないという自覚がある。

「まあそれはじっくり聞かせてもらおうではないか」

白桃殿はぱちんと音を立てて檜扇を閉じた。

こたび白桃殿邸を訪れたのは忍と桜花と、妹君で権中納言令室の小夜の上。母方のいとこだという弾正尹大納言令室の呉竹（くれたけ）の上。姉の白桃殿はげっそりとやせているのに小夜は前に会ったときよりふくよかになった。

呉竹は初対面だ。彼女だけ少し年かさだろうか。気負ってきたのか化粧が濃く、一層派手な薄紅と濃緑の襲で着飾っている。目がちかちかする。

母方のいとこ、つまり白桃殿や小夜とともに母方の祖父母の邸で姉妹のように育ったのだろう。家族でも男は妻や恋人のもとに行って留守がちだが、女はいとこや姪（めい）も同じ家で暮らすので親しみがあるものだ。

皆、白桃殿の母屋の御簾の中にいて高麗縁の畳に螺鈿や蒔絵（まきえ）の脇息を勧められ、後ろに女房たちを従えている。女房たちも見劣りしないように美しい順に連れてきたのか、香と白粉の匂いでむせるようだ。千枝は目立たないよう小さくなっていることだろう。

「衛門督殿の北の方も誘ったが、月の障りということじゃ。あの御仁は年がら年中いつもそう言って邸に引きこもっているが」

白桃殿が笑うのに忍はぞっとした。――不倫相手の妻を呼ぶとか、どういうつもりなのか。衛門督令室は日頃から女同士の集まりに出ないので、来ないとわかっていて牽制したのかもしれないが。

「まあ時候の挨拶などしても致し方ない。本題に入ろうではないか。そこな小夜と呉竹の上は、子宝を授からず悩んでおる。小夜は十九でまだ望みがあるが、呉竹の上は二十九と深刻でな」

十九はそう焦らずともと思うが、姉の弘徽殿女御も授かりにくい様子で気が急くのだろう。――呉竹は致命的だ。明日にも離縁されるかもしれない。

権中納言というのは祐高と仲よくないのかあまり聞かないが、弾正尹大納言の方はかなりたちの悪い女好きではないのか。子が産めない正妻と邪険にされているのか――

「そしてこちらの忍の上は――」

この場で自分一人〝京で二番目に幸せな女〟というのはまずいのではないか――忍が遅まきながら思いを馳せたとき、白桃殿が予想だにしないことを言った。

「病弱な身の上で子宝に恵まれすぎて四人目を授かったら死ぬるかもしれない、夫と契りを交わすのが怖いと聞いておるが」

――初耳だった。

白桃殿との連絡は桜花に任せていたのだが、そんな話になっていようとは。いや大体その通りなのだが初めて会った人もいる場でいきなり何を。

「あ、いえ、あの、わたしは……」

「わかっておる、仲睦まじいのも考えものじゃな。別当殿が妾を持たないのが災いしているとか。別当殿はまだ二十二の身空で色欲を断つわけにいかぬし。こちらに授からぬと悩んでいる女がいるのにそちらは授かりすぎる、上手くいかぬものよな。まこと神仏は惨いことをする。酒を甕に移すように子も女の腹から腹に移せればよいものを。その上、愛を見失って？」

忍がもごもご言うと、白桃殿はなぜか納得顔でうなずいた。

鬼に長鉾で突かれて死んでしまいたい。

忍は高麗縁の端ばかり見ていて返事もできなかった。他の皆がどんな顔をしているか確かめられない。

「そんなに別当殿は頻繁に求めてくるのか？　月に何度ほど？　十日ごとで数えた方がわかりやすい？　まさか日に何度も？　二十二歳とはそんなにも？　ほほう、あの真面目ぶった義弟君がなあ。随分大柄な御仁と聞くが受け止める方は大丈夫なのか？　大柄なのは背丈だけで他はそうでもない？」

白桃殿の声を聞いていたら気まで遠くなってきた。

「忍さま、わたしを紹介してください」

意識朦朧としていると、後ろから桜花がつついた。小声で。はっと気を引き締め、忍は精一杯声を上げた。

「わ、わたしのことよりええと、そう、いとこの話を聞いてくださいますか。こちらも母方のいとこでして。悩んでいるのです」

「桜花と申します、白桃殿さま」

桜花が少し前に膝行り出、丁寧に白桃殿に頭を下げる。

「忍さまにお願いしてお連れいただきました。――恥ずかしながらわたくし、今、巷で噂になっております少将純直さまの妻です」

それで小夜や呉竹とその連れたちがどよめいた。それまでどんな表情をしていたか忍はよく見ていなかったが、皆、好奇心たっぷりに桜花を見つめている。桜花はこうなるのを予想していたらしく全く動じずに続ける。

「純直さまに女三の宮さまとの縁談をというお話があって、日陰のわたくしは邪魔者とあちらのお父君、祖父君に大層疎まれております。わたくし、不幸にも疫病で父母と前夫を亡くしておりまして、実家の後ろ盾もなく初婚でもない身の上、純直さまに相応しくないと……六つも年上ですし……しかし純直さまはそんなことはかまわないとおっしゃいます。この上は一刻も早く子の一人も産んで、孫のかわいさであちらの親御さまを絆していくしかすべはないのかと。そんな折に白桃殿さまが子授けの薬やまじないに詳しいと耳にして、忍さまに泣きついて無理を言ってお連れいただいた次第です。どうかお力をお貸しくださいませ――」

雰囲気たっぷりに声を詰まらせながら語った。

——京で一番不幸な女と二番目に不幸な女が出揃った。どちらがより不幸か雌雄を決するとき。今まさに夫が新しい妻と婚儀の最中の白桃殿と、その前の段階でこじれている桜花。実力は伯仲。

「どこで少将さまに見初められたのじゃ？　落窪の姫君のように隠れて暮らしているところを見いだされた？」

白桃殿が何か言う前に小夜が高い声で尋ねた。それで呉竹も矢継ぎ早にまくし立てる。

「忍さまの母方のいとことおっしゃったけど、お父上はどなた？　左大臣さまには言えないの？　御落胤か何か？　こみ入った事情がおあり？」

この二人は忍の〝悩み〟になどまるで興味がなかったのだろう。「授かりたくないなんて贅沢者め。こっちは真剣に悩んでいるのに自慢しに来たのか。勝手に死ね助平女」とでも思っていたのだろうか。自分より不幸な人が出てきてあからさまに態度が浮き立った。

「わたくし、父の名をおおっぴらにはできない身分ですが実はさる宮家の縁戚でございまして、後宮で弘徽殿女御さまにお仕えしておりました。そこで純直さまの目に留まって望外の幸せを与えられて。初めてお目にかかったときのあの方の幼い風情にてっきりからかわれていると思ったのですが——」

桜花は慌てることなく、檜扇で口もとを隠して悲劇の姫君の風情のまま語っていた。流石、女の園の後宮で何年も鍛えられただけあって縮こまってしまうこともなく、言えないことはさらりとごまかす。堂に入ったものだ。興味本位であれこれ聞かれるのは不愉快だろうに。しどろもどろの忍と大違いだ。

――はて。呉竹と小夜は桜花の話に夢中だが、白桃殿の相槌などは全く聞こえない。

また忍の話に戻っても困るので上目遣いに気配を窺うが、白桃殿は脇息にもたれて檜扇を手の中で弄び、ぼんやりしている。

つまらなそうだ。

忍は衝撃を受けた。

京でも指折りの不幸な女の身の上話がつまらない？　そんなことがあるか？　忍にはあんなに喰いついてきたのに？　少将純直の夜の話には興味がない？

白桃殿は子のない弘徽殿女御を急かして子授けの護符を贈る女――子ができないと悩む小夜や呉竹に声をかけてまじないを勧めようという女。桜花の話はいかにも好物そうなのに。何より桜花が一刻も早く子を授かりたいというのは紛うことなき本音だ。薬やまじないが本物ならそれに越したことはない。

皇女降嫁で結婚生活に翳りが差したのは自分の持ち芸なのに同じ話題で先に盛り上げられて気に入らない？　京で一番不幸な女の座を奪われたくない？

不幸自慢をしたい人というのはそんなものなのか？　似たような境遇で親しみが生まれたりしないのか？　魂の姉妹であると一緒に泣いたりするのでは？　忍には全くわからない。自分と似た不幸に出会ったことがないから。

一つ質問が終わったらもう一つと二人がかりで催促するので桜花の話は随分長かった

が、白桃殿はついに彼女に興味を持つことがなかった。

「なるほど、そのように気の毒なことがあろうとはな」

これだけだった。

「この京では女人ばかり憂(うれ)いが多い。子授けは八百万(やおよろず)の神や御仏の定めることと諦めることしかできぬのか？　否」

白桃殿が手を打ち鳴らすと、御簾の向こうに気配がした。

墨染めをまとった僧が御簾の外側にしずしずと現れ、畳に座して静かに額(ぬか)ずく。僧というものの黒々とした髪が肩ほどに伸びて、尼のようにも見える。袈裟(けさ)はかけておらず茶色い瑪瑙(めのう)の数珠を首にかけている。

上げた顔は目もとがすっきりとしていかにも端整だった。唇が赤く、化粧もしていた。

幼げにも見えるが二十過ぎているのか。

男でも女でもないと言われるとそのような——

ちらりと見ると、呉竹が食い入るように見ている。口角を上げてにんまりと笑っているような。ああいうのが好みなのだろうか。

まさか〝直截(ちょくせつ)に子を授けて〟もらうのか。夫が駄目なだけで夫以外の男なら叶うと？

——げんなりするが、大人のことなので本人の勝手だ。不義密通は律令(りつりょう)に反する罪だがそれならまず衛門督朝宣を死刑にしてほしい。夫も好き勝手しているならどっちもどっちだろう。

「これなる大雛童子さまがそのような常識を打ち破ってくれよう。そもそも御仏の教えは女人に厳しい。女は三界に家なしと言い五障三従と言い、果ては女は悟りえぬゆえに男児を産んで僧にして功徳を積ませろとか来世に男に転生して悟れとか無茶を言う——」

ん？

白桃殿が手を広げて語っている。

確かに御仏の教えは男の話ばかりで女にはいろいろと無理がある。本人の資質に関係なく、夫が不信心だと極楽往生すらもままならないと。忍は祐高がそこそこ寺に寄進をして法会にも出ているので心配したことがなかったが——

仏教への不満は、大雛童子が語るのではないのか？　髪型、数珠の使い方からして仏僧ではなさそうだが？

「釈尊は淫欲の源たる男根を体内に隠し、女人が道に迷ったときだけ身のうちより生やして、見せるだけで使わないという。大雛童子さまも同じ身体をしておられる。見たい者は見せていただくといいだろう。このお方は男の心も女の心も持ち合わせず、女が望んだときに子を授け、子を流す。それは大地より湧き出でる力ある薬草を練り合わせて——」

その後も白桃殿はそれらしい話を滔々と語った。子は男女が陰陽の気を練って授かる、その気を大雛童子は一人で己の体内で練ることができる、肉体で交わらずとも護符を用いれば練った気を女の身体に移すことができる、など——

最後には、何やら細く小さな一寸ほどの棒のようなものを手渡してきた。小夜と呉竹と桜花のは黄金でできていて、忍のは銀でできている。

「これは大雛童子さまのお身体をかたどったものである。今宵は比名湯を飲んで、これを身体に入れて眠れば子が授かるであろう。子が男か女かは授かってから大雛童子さまに祈禱していただいて変えるとよい。――忍の上はこの棒に気を吸わせて出し、身体を清めれば子を孕むことはない。十日に一度これを使えば恐ろしいことなどなくなるだろう」

それも白桃殿が言った。

最後まで大雛童子は一言も喋らなかった。座していただけだ。

淫祠邪教はそうなのだろう。御仏の教えを貶める。陰陽寮の領分も侵している？

このまじないが出鱈目で、白桃殿が非現実的な幻に惑わされているというのも。

銀の棒に気を吸わせて出す子流しなど聞いたことがない。大抵は母体に害のない毒を飲むとか一晩二晩冷たい水に腰まで浸かるとかいう話だ。臨月のぎりぎりまで夫婦の契りを交わしていても無事産まれたとも聞くのにこんな棒で？

しかし、白桃殿はまじない師に惑わされているのか？

まじない師が押し黙っていて御簾の中の淑女がべらべらと喋ったのでは、逆だ。

4

内裏でもずっと純直はそわそわして落ち着きがない。骨を裏庭に埋めた仔犬のようだ。

しきりに祐高の袖を引く。

「忍さまと桜花さまは大丈夫なのでしょうか。女人だけで」

「千枝松もいるし、なるようにしかならぬ。案ずるな」

「やはりわたしが御一緒すればよかった」

「お前はやめろ、心の傷が広がる。一日、様子を見たらうちの桔梗も行かせようか」

男が行ってすることがあるとも思えない。まじない師も、貴女ばかりの豪邸で暴れたりしないだろう。

祐高の方は清涼殿での勤めを終えて弘徽殿女御にそれとなく挨拶などして検非違使庁に顔を出して、邸に戻って忍や千枝松からの手紙を待つ、そういう段取りだったが——

清涼殿から渡殿を通ろうとすると先触れの声がして、純直がびくっと足を止めた。

「す、祐高さま、わたしは今日は帰ります。弘徽殿女御さまによしなに」

早口で言ってばたばたと裾を乱し、踵を返して西の簀子の方に向かった。随身が慌ててついて行く。この方向だと台盤所にでも逃げ込むのだろうか。

祐高の方は逃げるわけにいかない、脇に避けて軽くお辞儀して目上の貴人が通るのを待つ——

「おお二郎祐高、何だか久しぶりのようだな、この世で二人の兄弟なのに。一人か？　このところお前、愛想がないぞ」

大将祐長が足を止め、気安く声をかけてきた。一足先に後宮を回ってきたのか。

祐高そっくりだが祐高が大きくなりすぎて兄の方が背が低い。だが堂々として、白と縹の冠直衣姿で涼やかな公達ぶり。きっと、黒の礼装でかさばって野暮ったい祐高の横に来ると自分がすっきりした色男に見えるのまで計算している。

——きっと彼は、あれだけのことがあっても気まずさなどないのだろうなとは予想していた。予想していたがその通り、これほど何ごともないように話しかけてくるとは。我が兄ながら呆れる。逃げた純直がかわいそうであり、羨ましくもある。

「お前、わたしが明日、餅を食うのを知っているか？　方々に挨拶回りに行かねばならない。お前も手伝ってくれればいいのに」

「御冗談を」

話しかけられたので背を伸ばしたが、どんな表情をしていいのか顔がむずむずする。

「明日こそお前もついて来い、着飾ってな。わたしの介添えだ。皇女殿下の聟取り、普段食えない御馳走が出るぞ。鮑か石陰子よけむ、だ。お前、好きだろう。鼻血が出るほど食わせてやる」

祐長ははしゃいでいるらしく催馬楽を口ずさんだ。——石陰子は好きだが。

聟は間を置かずに三日続けて妻のもとに通い、三日目に餅を食べ盛大な宴で祝う。聟のお伴をする従者も歓待される——

「遠慮します、兄上の従者として御馳走をいただくような歳ではありません。こんな大きな弟がくっついてきたら向こうも迷惑ですよ」

「そんなことはない。何だ、まさかわたしの結婚を祝ってくれないのか？　皇女さまの聟になる、兄の人生の門出であるぞ。何か御祝儀を寄越せ」

祐長は図々しく笏で肩を叩いた。

「持ち合わせがありませぬ」

「気の利かないやつだな！　わたしだから許してやるようなものの」

——恩に着せられた。

もしかして祐高は押しが弱いのだろうか。衛門督朝宣とも絶縁したつもりなのにいつまでも友達づらをされるし、不倶戴天と思った兄はこの態度。もっと毅然と無視するべきなのだろうか。毅然、とは？

「まさかお前、自分は女三の宮を降されなくてわたしを恨んでいるのか。わたしもお前が撥ねられるとは思っていなくて」

「どこをどうしたらそうなるのですか。いい加減にしてください。わたしは主上の叡慮に感謝しています。二度とわたしに縁談など勧めないでください」

「そうすねるなよ」

「すねていません。女などまっぴらです」

「やはりすねている。面倒くさいやつだな」

この兄が大雑把すぎるだけだ。喧嘩一つしてくれないとは。

人目が多いからいけないのか？　清涼殿の渡殿は一方は壁だが向かいは小半蔀で開け

てあるので、庭を女孺(にょじゅ)やら雑色やら滝口(たきぐち)の武士やらが行ったりきたりするのが見える。

——いっそ、じかに尋ねるか。

「通り道を塞ぐので場所を変えましょう、折り入ってお話ししたい儀があります」

「何だ改まって。やはり結婚祝いをくれるのか。ものはないから言葉で？」

「そんなではないですがこちらに」

この辺で人がいないといえばすぐ隣の後涼殿(こうりょうでん)だ。かつては更衣の控えの間があったりしたが、今は大がかりな行事に使うために御厨子所(みずしどころ)や内裏女房の詰め所以外は空けている。

「お人払いを。随身なども外に置いて」

「兄と二人きりになりたいとは妙な趣味に目覚めたな」

「もうそれでいいです」

庇の間に入って妻戸を閉めた。少し暗いが致し方ない。気を引き締め、声も低めた。

「——あのう、兄上は白桃殿さまが怪しい薬やまじないに手を出しているのを御存知ないのですか？」

「ああ、お前にまで知られているのか。恥ずかしいな。もう少し隠れるように言っておく。かしこまって何かと思ったら」

祐長は全く動じなかった。——知っているのか。

「幻を見るのはわたしには合わないな。夢見が悪いばかりで疲れる。茶の方が好きだ」

「試したのですか」

「話の種にな。茶はおかしなものではないぞ、唐の皇帝も飲んでいた」

兄は指先で手招きした。耳打ちするから頭を下げろ、の合図だ。祐高は少し屈んだ。

「大内裏の隅に植わっている木から一枝、祖父さまが密かに拝借して宇治の山奥に挿しておいたのが根づいた。徹夜の会議の前に飲むと頭が冴える」

「初耳です」

「父上はお前に教えていないことが多いな」

——それはどうでもいいことだからではないだろうか。

「お前に分けてやれるほどはないが、わたしが死んだらお前が使え。煎じればいいというものではなくて蒸したり干したり面倒だぞ。宇治山荘の世話役が全部知っているのでお前に従うよう言いつけておく」

肩を押されたので、元通り背を伸ばした。

「別にわたしはかまいません。鯉寿丸君に譲ってやらないのですか」

「あれはそう長い命ではなかろうよ。鮎若もどうなるか。男の子は他にもいるが、お前が使った方が役に立つ」

——冗談にしては笑えない。病弱な鯉寿丸のために白桃殿は高麗人参など取り寄せていたというのに。

太郎を連れて遊びに行くと鯉寿丸は大抵咳が出ると寝伏せっていて鮎若が相手をしてく

れる。蹴鞠(けまり)好きの鮎若は、近頃どんどん顔色が青白くなって鞠が高く上がらなくなった。言葉が優しく賢(さかし)げになったと思ったが、どうやら大人に媚(こ)びへつらうようになった。幼いなりに両親の不仲を取り繕おうとしている。

兄は女四の宮を得ても白桃殿とその子らを捨てる気はないと思っていたが、この分ではどうだか――

今度は祐高が兄のそばに身を屈めて耳打ちした。

「兄上、白桃殿さまの囲っている何やらの童子、淫祠邪教ではないかとささやかれております。御寺がよく思っていないと」

「そんなことまでお前の耳に入っているのか。淫祠邪教？」

兄は小さく笑いさえした。

「あれか。男でも女でもないと言うが男か女だった方が面白かった。白桃殿の趣味はわからん。淫祠邪教なあ。化粧した寺稚児に見えたが？」

ぞわっと毛穴が開く感じがした。深く考えると吐いてしまいそうなので、半分ほど聞かなかったことにした。

「う、浮気はご承知で」

「あれには三人も子を産んでもらったのだから気晴らしの一つ二つ、稚児でも男妾(おとこめかけ)でも。二形は子ができないというぞ」

「使庁は不義密通を取り締まるほど無粋ではありませんが、呪詛など始めたらどうするのです。捨て置けませんよ」

「わたしが呪い殺されると？　女四の宮が？　物語のように白桃殿の生き霊がわたしたちの心の臓を止める？」

祐長は自分の首を手で摑み、滑稽に目を剝いて舌を出した。

「面白いな、今宵は西洞院の邸に僧都も連れていくか。あまり笑わせるなよ」

「笑いごとではないですよ。内裏で不謹慎な顔をしないでください、みっともない」

「お前は冗談のわからんやつだな」

「昔からです」

やっと真面目な顔をする。

「そう思うなら右大臣家によくない噂を立てるな。年寄りが肝を冷やす」

「無論です。使庁の沙汰にするわけにいかないから兄上に申しているのではないですか」

「どうだか。そこまで白桃殿が阿呆なら舅殿から叱っていただきたいものだが。あれはわたしよりよほどものを知っていて頭がいいらしいぞ」

「きっと白桃殿の上さまは兄上にかまってほしいだけなのですよ。こたびの御結婚のこと、真面目にお話しになりましたか」

「わたしにかまってほしい、あの明子が！」

ついに兄は大声で笑い始めた。目尻に涙まで滲ませて。

「女心がわからんなあ、お前は。冗談がわからんと言いながらよくもまあそんなことが。

昼間から酔っているのか。酔って参内するとはいい度胸だ」

笑いながら祐長は祐高のほおを笏で押した。子供がからかうように。

「いつまで経ってもわたしが教えてやったことしか知らんのだなあ。それでわたしに説教するとは全く、ものを言う木石を育ててしまった。負うた子に教えられると言うが、お前はそんなに図体が大きくなったのにいつまでもかわいいやつだな。世間知らずが大人の話に口出しするなよ」

祐高は一歩下がって笏から逃れた。

「右大臣さまと話がついているから白桃殿さまは無視して結構とお思いなら、それはあまりに情がない――」

「情だと、お前こそわたしを何だと思っているのか。〝人情〟な。とっくり語ってほしいところだが、今日は忙しいからまた酒でも飲みながら教えてくれよ。まさかあの女に岡惚れしているのか？　よせよせ、他にもっといい妾がいるからそっちにしろ。譲ってやる」

「そんなではないです。産んだ子を亡くして心弱っておられるのがわからないのですか」

「お前こそわかるまいよ。いつまでもちい姫ちい姫と。愛想よくしていれば子などまた授けてやるというのに、あの女と来たら逆ばかり。癇が強くて我が強くて小賢しい。かかずらっておれん。あれはわたしより賢くて臣下風情には勿体ない、皇后になるべきだった女で。聞き飽きた。娘を産んでもらうならもっと若くて素直な女がいい」

兄は吐き捨てた。

「どうでもいいだろうが、あんな女。わたしは勝ったのだ！　洟垂れの馬鹿息子は死んだ、ざまあ見ろ！」

——結婚は勝ち負けなのか？

「離婚などするものか、こうなれば舅殿の骨までしゃぶってくれる。わたしがあの一族の財産を倉から解き放って世に出してやるのだ。きっと父上は褒めてくださるぞ」

「愛はないのですか」

「十四年だぞ、愛でやっていけるか。憶えたての言葉を振り回しおって。やっとわたしの青春を取り返して美少女と一からやり直すというときに何を言うかと思えば。お前ときたらわたしの苦労も知らずに、甘やかしすぎたな。——人の心配などしている場合か。わたしたちの命は短いぞ、二郎。父上は四十二で身罷られた。祖父さまは三十八で馬から落ちた。お前は父上にそっくりだ。女の機嫌を取っている時間などわたしたちにはない」

祐高の肩を押しのける。

「あれが御寺の僧都や僧正と争うのなら自分で勝手にやればいいのだ。わたしに何の義理がある」

兄が妻戸を開けて去っていった後も、祐高は立ちすくんでいた。今、兄は何と言った？

祐高を脅したのか？

人を脅すのには自分も怖いようなことを言わなければ。

——死ぬのが怖いのか、あの人は。

こんな風で、あの人は父が死んだときはひどく泣いた。そばにいたから知っている。五年ほど前、父は突然血を吐くようになり、自分から山寺に籠もった。うつる病かもしれない、家族は誰も近づかないようにと言いつけて。

十日ほど経ってもう危ないと聞いて兄と祐高と二人で会いに行ったが、門番の僧が頑として山門から中に入れてくれない。牛車を降りて地にひれ伏して頼んだのに。押し問答をしていたら、たった今死んだと聞かされて、兄はひれ伏したまま泣いていた。泣くことなどない人だったのに。

祐高はなぜか涙が出なかった。兄と違って優しくしてもらえなかったからだろうか。その頃はもう忍の家に聟入りして太郎が産まれ、父と顔を合わせることもなかった。泣くどころか「こんなところにいてもどうせ入れてもらえないのだから、帰りましょう」と言いたかった。

あの日のじりじりと焼けつく日差し。汗で髻が緩み、脇の下に塩を吹くほどの暑さ。丹塗りが剝げて黒ずんだぼろの山門。虻と藪蚊の飛ぶ山林の厭わしい空気。

震えて泣く小さな兄の背中。「もう帰りましょう。氷水でも飲みましょう。この暑いのは身体に悪いですよ」と言ってやった方が親切なのではないか。

それはあまりに不人情だというためらい。気まずさ。

父の血を吸った蚊がその辺を飛んでいて、病毒を撒き散らしているかもしれない――

うっすら思ったが、心から信じているわけでもないので言い出せなかった。不満はどれも兄の悲しみと天秤にかけるほどでもない些細なことばかり。気弱ゆえに不人情にすらなりきれなかった。

あのときのことを負い目に思っていると、兄と険悪になってから初めて気づいた。姫君を亡くしたときは兄はすぐに泣くのをやめた。やはり祐高は隣につき従っていた。

やはり祐高は泣かなかった。

兄も毎回父のときと同じようには泣けないだろう。当たり前だ。多分、母が死んでももう泣かない。

兄は人生で流す涙の量が決まっていて、父のときにほとんど流しつくしてしまった。

それは薄情だろうか。

人は泣きながら生きるようにはできていない。一生悲しみに浸り続けるなんて無理だ。多少なりと賢ければ立ち直ったふりをする。泣くのは弱みを見せることでもある。悲しんでばかりではつけ込まれる。右大臣のように。

何より、本物の悲しみなら思い出したくないし何度も繰り返したくないのに決まっている。一回で終わるならそうしたい。

祐高はこれまで全然肉親の死を悼んで泣いていないから情が残っているのだとしたら威張れたものではない。

きっと今の兄が白桃殿に感じているものはあのときの祐高と同じ。「泣いてどうにかなるわけでもないのに、面倒くさい人だなあ」──祐高は口に出さず、兄は口に出した。それだけの違い。

立ち直ったふりすらできない白桃殿は厭わしい。そうだろうとも。いつまでも同じ話をしないでほしいし泣いていれば誰かが慰めてくれるなんて態度は甘えに思える。

冷酷非情だからではなく、心があるゆえに。

悲しいかな、あの人は道理のない怪物ではない。理解しようと思えばわかる。

兄の人生で泣いて暮らす時間はもう終わった、そういうことにしたい。運命に奪われてばかりは嫌だ。奪い返す方に回りたい。

自分も早死にするかもしれないなどと恐れていたら余計に。

もう一生分の涙は流したのに、白桃殿のために悲しんでやれとか寄り添ってやれとか。

横から口で言うのは簡単だ。

──自分は身を切らないで安全なところから綺麗ごとを。

朝宣に言ってみたり兄にせっついたり、我ながらむなしい。もう子供でもないのに。

身内にすら不人情と思われたくないのは善人の態度か？

善人ならば、行動で示すべきではないか。

5

金と銀の棒が中まで本物の純金と純銀なのは、千枝がかじって確かめた。

「市井のまじない師、一儲けしたいならこれを持って京から逃げればいいだけの話。あいつら、その日の暮らしのために何でもするのだから大将祐長さまのお邸に入り込んで好き放題に飯が食えるというのは既に目的を果たしております」

陰陽寮の陰陽師は役人なので市井のまじない師とは全く生き方が違うが、することは同じで互いの動向は気にしているらしい。有名な者は家に招いて飯をおごってやるとか。

彼は皆と夕食を食べずにどこかに行っていた。日が暮れて灯台を灯す頃になってから忍にあてがわれた西の対の母屋に戻ってきた。腹が減ったと言うので皆の食べ残しを盛り直してやった。衝立の陰で食べると言うが、彼が食べ終わるのを待つのが惜しかったので不作法でもここで食べろと命じた。

千枝は女の子の格好のまま大口を開けて湯漬けをかっ込み、雉の骨をしゃぶる。身体が小さいのによく食べる。

「淫祠邪教とはいえ、精進料理ではなく生臭を出すのですね」

雉の焼きものは客をもてなす御馳走としては順当だが、言われてみれば俗っぽい。

「あなたもまじないをするのに生臭を食べるの？」

「ぼくはまだ半人前なので、生臭を食べた方が身体がよく動きます。自分で祭文を読んで禹歩を踏む本格的な儀式をするようになったら生臭も断たねばならないんでしょうが」

「人によって違うものなの？」

「違いますね」

「何かわかった？」

「それはもう」

あんなにあった姫飯を湯漬けにしてするする飲んでしまいながら、千枝は得意げににやっと笑った。

「北の対の大雛童子の曹司まで押しかけて〝我が家に産まれるのは女の子のはずだったと親がたわごとをほざいて、男なのに女装を強いられて生きている。こんなおかしな者はどう生きればいいのか、大雛童子さまにぜひ御相談したい〟と嘘八百泣き落としをしたら入れてもらえました」

飯を食べた後の椀を湯で濯いで飲みながらしれっとそんなことを言う。

「緋袴の隙間から股ぐら――男の部分を見せたのが決め手でしたね。向こうの方が泣き言をべらべらと。自分は物心ついた頃には坂東の旅芸人で？　股ぐらを見せるだけでは芸にならないから謡いや舞いを仕込まれてまじないもして、十の頃にとある寺に買われて稚児をすることになって。大人になったら僧にしてもらえるのかと聞いてみたらそんなはずがないだろうと一蹴されて、寺を逃げ出して、今度は京で薬師崩れの男に捕まって情婦にされて。この薬師崩れが強引な男で富士と言って、比名湯を売り出したのもこいつで、薬を売るだけと言ったのに身体も売ることになって。並みの男のように荷運びの仕事などしたいのに尿が女の方から出るからそれでいつも二形がばれると」

「え、な、何の話」

「大雛童子です」

忍は動揺したが、千枝はさらりと流す。

「生まれつき男のものと女のものと両方ついていてそこばかり面白がられるのにうんざりしていて。両方ついているだけで釈尊がどうとかではないと。そういうのは稀にいると我が家の秘伝の書にも書いてありました。陰陽師のもとにはいろいろな人が助けを求めて駆け込んでくるから動じるなと、先祖が書き残しているのです」

「……男でも女でもない人も駆け込んで？」

「正確には親が。母親は産後はぐったりしているので父親が。慌ててちょん切ろうとするけど切ったら大抵死ぬのでまず親を落ち着かせろと。こちらは初めて見たのでも、うろたえずに五百年前から知っていたかのようにふるまえと。たまには生まれたときは女だったのに大人になってから男のが生えてきたりするそうです」

「陰陽師の秘伝の書、すごいのね……？」

「この世のありとあらゆることが書いてあります。――大雛童子は本名は二見とか言って顔は女のようなのに声が低くて坂東訛りがひどかったです。それで白桃殿さまにものを言わないように言いつけられているそうで。比名湯は富士が作っているがこちらはちゃんと顔が見えませんでした、遠目には蟷螂みたいでした」

どんな顔だ。

「やつは人並みのおっさんなので裏方に隠れているそうです。二見は淫祠邪教とか全然わからない、この後、呉竹さまのお床に侍らなければならないと泣いておりました。悩み相談の体裁で話しかけたのだからぼくの悩みも聞け」

神秘的なまじない師の印象は忍が思っていたよりずっと早く、容赦なく打ち砕かれた。たかが十六歳の陰陽師見習いが同じまじないを打ち返しただけで。千枝は女装を辱めと思うどころか十全に利用していた。忍は、ここまで役立てろとは思っていなかったのだが。

「よほどひどい寺の下働きだったのでしょうねえ。人前で理路整然と喋る教育を受けておりませんでした。身の上を聞くのにも時間がかかりましたよ」

——安倍の家で鍛えられた千枝とは違って。

「陰陽師見習い、口が達者なのねえ」

「他人の悩みを聞くのも務めのうちです。貴族の皆さまは、ぼくらに歩くとき右と左とどっちの足から出せばいいかまでお聞きになることがあるがきちんと話し相手になってさしあげる。まじないの修業も大事だが話ができるかどうかが肝心なのだと毎日口酸っぱく助さまやゆかりさまに——」

千枝はそこで言葉を切って、今更咳払いをした。

「とにかく、淫祠邪教を語るにも特訓と勉強が必要です。あれらは白桃殿さまが御自分でおっしゃっています。——白桃殿さまが怪しげなまじない師に取り入られて骨抜きにされたのではなく、白桃殿さまの方が見た目のそれらしいまじない師を振り回していると」

忍はくうくうと妙な声で笑う二郎を抱いてあやしながら、情報を整理した。

「つまりわたしがあのまじない師はいんちきだと皆さまの前で披露しても白桃殿さまに恥をかかせるだけで、無粋なわたしを追い返してまじないの会を続けようという話になってしまう。ただでもわたしは桜花のおまけ、子がなくて真剣に悩んでいる皆さまから見ればいやらしい贅沢者で印象が悪いのに」

千枝は少し目を細めた。

「――そうなんですよ。ぼくがすごいまじないをやってみせたら白桃殿さまが感心して目を醒ますとか、ありえないことがわかってしまいました」

彼は既に結構な大技で忍を感心させたのに、こちらは全く有利になっていないと。

「根っからの淫祠邪教は白桃殿さまの方でまじない師を追い出して捕縛しても次が現れるだけ。何なら向こうは手伝ってくれるならあなたでもいいかもしれない。困ったわねえ」

「困ります。白桃殿さまはどういうおつもりなんでしょう」

忍も窮地なのに、千枝が素直に困っているとなぜかおかしかった。二郎の手を振って千枝に愛想を振りまいてやった。

「そもそもこの棒、効くんでしょうか?」

と横から桜花が金の棒を出しておずおずと尋ねる。

「効くわけないでしょう、大雛童子さまが気を練るなど出鱈目なのに。産めない悩みはうちのゆかりさま――母も同じで、大抵のことは試していますよ。おかしなことをすると血の道が乱れてかえってよくないです」

千枝は手厳しい。桜花は多少の期待があったのだろうか。しゅんとしてしまうのが気の毒だった。話を逸らしてやるか。

「思えば陰陽師の家で、女が産めなくて困っているというのは大変なことではないの」

「ええ、あの浮気者が気を散らしているせいで一族皆の大迷惑ですね。姉が産まれているのだからゆかりさまのせいではないです。純然たる浮気の産物で次々弟が現れてみっともないったら。そのたびぼくとゆかりさまが世話をすることになって、あいつは何もしなくて。よそで何してるって宴会芸ばっかり」

思った通り、千枝は父親の悪口になると活き活きする。

「ゆかりさまというのがあなたの育ての母。――千枝、あなたよく食べるけど家で食べている？　大丈夫？」

「継子いじめで飯を抜かれてなどおりません。これは単なる育ち盛りです、十六の男はあればあっただけ食べてしまうのです」

そのわりには背丈が育っていないが。祐高もたくさん食べるがその分、縦に伸びた。千枝は食べる量と身体つきの収支が合わない。

「陰陽師は見た目より身体を動かしますし頭を使うとお腹が空くんです」

忍も頭は使っているつもりだがそんなに？

「――ゆかりさまはよくしてくださいますよ」

千枝は急に声が小さくなった。

「男に術を継がせなければならないと皆によくしてくれます。一族の男、皆に優しいのです。ぼくら兄弟だけ憎たらしいなんておっしゃいません。勉学を教え、修業の合間に美味い飯を食わせて、腹を痛めた姉よりぼくらを気遣ってくださる。本当は他にしたいことがおありなのに、女は子の世話をするのだと我慢ばかり。あのろくでなしはよその女の方が癒されるとかほざいてゆかりさまに見向きもせず、よその女の家から帰ってきて着替えて飯を食って仕事をして、よその女の家に帰る。四人も子を預けておいて知らん顔。いたたまれないのはぼくばかり」

少年がこぼした言葉は女の言う愚痴とは大分違った。

腹を痛めて彼を産んだのはその〝よその女〟だ。

「我が家の女は皆、二度失望するのです。一度は女が陰陽師になれないこと、二度目は身内というだけで帰ってこないろくでなしの夫と別れられないこと」

彼は少し誤解している。

「あのね、千枝――」

忍が言いかけたとき。

背中に何かがぶつかってきた。

「な、何」

予想していなかったので忍は縮み上がり、腕の中の二郎をぎゅっと抱き締めたが――

「忍さま、幼子です。恐ろしいようなものではありません」

「え」

葛城がささやき、忍は目を白黒させた。

「おたあさま」

舌足らずな声がする。恐る恐る振り返ると、表着に小さな童子がしがみついていた。

太郎より幼い。紋入りの半尻(はんじり)は上等なものを着て、香も焚きしめている。

「ああ驚いた」

産んだ憶えはないがおとなしげで品がある。こんな子供より虫や鼠の方が怖い。二郎を抱いていなければ頭を撫(な)でてやったのに。

はて。見るからに従者の子ではないが忍以外の来客は皆、子がいなくて困っているのであって――

やがて、ばたばたと足音がして誰かが妻戸を叩いた。

「もし、こちらに小鮒(こぶな)さまがおいでではないですか。大将祐長さまの四歳の三郎君でいらっしゃいます」

どうやら乳母が追いかけてきたらしい。

「暗いからって女を取り違えるとは罪な男ね」

忍は軽口を叩く余裕が出てきた。

葛城が局(つぼね)に入れると、二十ほどの乳母は顔色を変えて板敷に平身低頭した。

「これは、忍の上さま！　失礼をいたしました。西の対は普段小鮒さまがお使いで、お客さまがいらっしゃるから今宵はよそにと申し上げたのに！」

「じゃあわたしたちが部屋を横取りしてしまったのね。子供のすること、気にしなくて大丈夫よ」

「はくとーでんさまじゃない？」

小鮒とやらは首を傾げてから、ささっと乳母の後ろに隠れた。

——最近、どこかで聞いた話だ。京の女君は皆、同じ髪型で流行りの化粧をしているから見分けがつかない。祐高の甥っ子なのだから仕方がない。仕方ないのだ。

「まあ、義兄上さまや祐高さまにそっくり。十年後にわたしの面影を憶えていて忘れられず悶えたりしないでね、夫に似た少年に迫られるなんて危険だわ」

「忍さま、滅多な冗談をおっしゃるものではないですよ」

「こんなこと、鯉寿丸君や鮎若君に言ったら冗談でも白桃殿さまに殺されてしまうわ」

白桃殿が産んだという話も聞かないので、妾の子なのだろう。正妻が妾の子を養子にして自分が産んだ子のように扱う。千枝松でなくても世間ではよくあることだ。

忍は袴に料紙がくっついているのに気づいた。小鮒が落としたのだろうか？

「白桃殿さまにお手紙？」

何気なく開いた。気まずいような恋文だったら笑って済ませようと思った。

予想だにしないことが書いてあった。

〝有子曰其為人也孝弟而好犯上者鮮矣不好犯上而好作乱者未之有也〟

字の大きさがばらばらで筆致が緩く〝為〟の連火が五つあるように見えるが、字としては読める。幼子を見てにやけていたのがいっぺんに目が醒めた。

「……これは、論語？」

「小鮒さまの書き取りです」

「よ、四歳で？」

太郎は六歳だがまだ難しいだろうと、忍や乳母たちで簡単で意味のわかりやすい漢詩ばかり選んで書き写させて――四歳の姫はひらがなを憶え始めたばかりだ――

「まさか、読めたりとか」

忍は声が震えた。小鮒は少し乳母を見上げてから、顔を出して朗々と――子供にしては朗々と諳んじた。

「〝ゆうし、のたまわく、そのひととなりやこうていにして、かみをおかすをこのむものはすくなし。かみをおかすことをこのまずして、らんをなすをこのむものは、いまだこれあらざるなり〟――」

頭から暗記しているのか。ちょっと舌足らずなのがかえって賢そうだ。

「す、すごいわ。神童？」

「白桃殿の上さまの御教育の賜物です」

「本当に？」

忍は自分が怠けていると言われたようで背中が寒くなった。

「小鮒さま、忍の上さまに御挨拶を」

「しのぶのうえさま……よしなに！」

乳母に促されて小鮒はぴょこんと頭を下げて、二人で局を出ていった。小鮒は物珍しいのか何度もこちらを振り返っていた。

「そ、聡明な。あんなに小さいのに」

生きた心地がしない。乳母が持って帰らなかったのでまだ料紙が忍の手の中にある。

「太郎にも家庭教師をつけなきゃいけないの？　祐高さまが論語を始めたのは十歳だったからそれまでいいというお話だったのに」

「聡明ねえ、最初の方だからあそこしか憶えていないのかも。きっと全然意味わかってませんよ」

千枝が冷ややかに言った。彼は少しも感心していないようだった。

「公卿さまの御子は手習いにもいい紙を使うのですねえ」

上等の桃色の薄様で香も焚きしめてある。だから大将祐長の恋文かと一瞬思った。

「うちの太郎の手習いはもっと安物よ。大臣さまにさしあげる用の紙じゃないの？」

「うちじゃ子供の書き取りはそもそも紙じゃないですよ」

「紙じゃなかったら何に書くの」

「木簡です。小刀で削ったらまた書けます。子供の書いたものなど取っておく理由がありません。刃物を扱う練習にもなる。削りくずは火を熾すのに使うのです」

火はどんどん穢れていくもので、宮中では年に何度か儀式をして新しい清らかな火を点けて、その火で米を蒸して帝に奉るのだという。陰陽師の家の火は子供の書いた字が燃えているというのは面白い。

「毎日削るとすぐに書けなくなる」

「そうなると竈の焚きつけに？」

「その前に小さく割って籌木(ちゅうぎ)にしますね」

「何って？」

「糞篦(くそべら)です。角やささくれがあると文句を言われます」

――聞かなかったことにした。いや彼のためには一言言ってやった方がいいのか？　忍が迷っている間に、千枝松はすらすら唱え始めた。

「〝子曰(のたまわ)く、徳有る者は必ず言(げん)有り。言有る者は必ずしも徳有らず。仁者は必ず勇有り。勇者は必ずしも仁有らず〟――」

――四歳児に対抗するか。

「こんなの猿真似(さるまね)ですよ。幼子は意外と丸暗記が得意なんです。余計なことを考えるほどおつむができていないからですかね。子供を賢そうに見せるのは陰陽師の大得意です。詰め込んでも二十歳過ぎればただの人になるから御安心ください。公卿さまの御子は論語など十歳過ぎてからでいいと思いますよ」

「面白くもないし、早くから勉強漬けなんてかわいそうです。根性が曲がりますよ」

「そ、そう？」

すごい説得力だ。

「ぼくらや大学寮に任せておけばいいのです。〝子曰く、君子固より窮す。小人窮すれば斯に濫る〟――意味を御存知ですか？」

「読ませてもらえなかったのよ。孔子の教えなんかわたしが憶えたら聟君をやり込めてしまうって」

「〝君子たる者も困難に直面することはあるが、窮地に陥ってみっともなく慌てるのはその辺の俗物のすること〟」

「わたし、慌ててた？」

「とても。乳母殿が実にいやらしい顔で笑っていて。傀儡回しのようでしたよ」

乳母の顔なんかよく見ていない。小鮒に圧倒されてしまった。まじない師よりよほど恐ろしかった。太郎は今のままでいいのか、まだ気が焦る。

「まさか白桃殿さまは鯉寿丸さま、鮎若さまをさしおいてあの子を跡取りに」

桜花が声を低めた。

「鯉寿丸君はもうすぐ元服、いくら賢くても四歳を焦って跡取りにはしないんじゃないかしら。わからないけれど。それこそ〝二十歳過ぎればただの人〟、五年は経たないと海のものとも山のものともつかないわよ。まだ四歳じゃ熱を出してころっと死んでしまったりするかもしれないし」

そう口に出すと少し落ち着いた。伏せりがちとはいえ正嫡の鯉寿丸の敵になりえるのは賢い妾の子ではなく女四の宮の男児だろうとも――男の子が産まれた場合だが。いくら才があっても大将祐長は帝室の血筋の方を重んじるかもしれない。

――ああ、他人ごとになってきた。祐高の聞いた話では既に身重という女四の宮、白桃殿が見いだした驚異の天才児――忍に何も関係ないではないか。呪殺とか淫祠邪教とか律令に背く行いが困るというだけで、お家騒動など勝手にやってくれれば。

二郎が意味もなく鬢の毛を摑んで引っ張る。引っこ抜く勢いでとても痛い。

この重み、痛みが現実。冷静になれ。自分の利は何か、白桃殿の利は何か――

すると一筋の道が見えた。

後ろ向きではない、前向きな女の考える道とは何か。

京で生きる方法などそんなに多くはない。

果たして子をもうけるのに本当に男と女が必要なのか?

理解した瞬間、ぞわっと頭の毛が太った気がした。

「白桃殿さまは賢い方だわ、わたしたちが思っているより」

忍は自分がここに何をしに来たのかやっとわかった。

君子は窮地に陥ることがあっても慌てない。取り乱すのは俗物のすること。

淑女も慌てない。

白桃殿は忍を弘徽殿女御の名代と認め、正面から正々堂々と挑んできた。女らしく。媚薬、まじない、鬼道に詭計、あらゆる全てを使って全力で。

ならば忍も応えなければなるまい。

これが女の戦いか。

6

一日目の忍からの知らせは「まだよくわからない。現状維持」という味も素っ気もないものだった。

祐高は久しぶりに一人で寝殿で寝起きしたが、粥を食べても味がしない。念のため、どこへでも駆けつけられるように今日は家にいると決めたが落ち着かない。

今頃不安になってくる。忍は白桃殿が苦手ではなかったか。いじめられて泣いていたことがなかったか。思えば太郎が産まれる前に忍に子がないといびっていたのは白桃殿ではなかったか。

そもそも忍はきつい口調で普段、女とどんな会話をしているのか——祐高は昔に見た白桃殿のことを思い出そうとしたがきんきん響く声しか憶えていなかった。

いても立ってもいられないが、男の身で白桃殿邸に駆けつけるわけにもいかない。他のことで気を紛らすしか。

「太郎はどうしている。たまには遠乗りにでも——邸を離れるのはよくないか。蹴鞠でもどうだ。連れてきなさい。姫も」

それとも寂しいのだろうか。

ほどなくして六歳の太郎と四歳の姫が乳母に連れられてやって来た。二人とも元気な様子で祐高の袖を両側から引っ張る。

「お父さま、今日はお休み？」

「そうだ。どうしような、弾碁(たぎ)でもするか？」

太郎だけなら蹴鞠や小弓の稽古(けいこ)がいいのだろうが、姫もいるのだから。弾碁は盤の上で碁石を指で弾(はじ)き、ぶつけて取り合う——祐高が碁盤の場所を思い出そうとしていると。

「お父さま、さっき渡殿からお坊さんが見えました。すごい格好だった。変な臭いで」

「あれは行者(ぎょうじゃ)よ。毛皮を巻いているのは行者なのよ」

「どう違う」

「違うったら違うのよ」

太郎と姫が口々に奇妙なことを言った。

「変な臭い？」

「野良犬みたいな。すっごいの。お父さまにはゼッタイナイショだって」

「あっ、内証(ないしょ)って言ったのに」

「え？」

これで、祐高は姫が〝内証〟という言葉の意味を理解していないことを知った。

「内証な、うん。お父さまもそうする。叱られてしまうからな。お父さまも桔梗は怖い」

ここで驚いては子らが黙ってしまうので、祐高はわかったようにうなずいた。これで太郎の〝内証〟の範囲が変わり、彼は嬉しそうに声をひそめた。

「そう、内証。内証なんだけど〝そんな、困ります〟とか〝どうしてこんな〟とかヒソヒソ言ってて。それで皆、桔梗のアイジンじゃないかって」

ぎょっとするような言葉が太郎の口から出た。

「行者はお坊さんだから女の人のアイジンにはならないのよ」

「行者とお坊さんは違うって言ったじゃないか」

――桔梗に行者の愛人？　桔梗は忍の乳母でもう四十六歳、夫もいる。堅物でこんな昼日中に男を引っ張り込むようなふしだらな真似をする女ではないが。しかも行者？

「今、東の渡殿から来たな？」

祐高は自分で確かめることにした。こんな日だ。忍は留守で、兄は華燭（かしょく）の典（てん）。そのために淫祠邪教のまじない師に命を狙われているかもしれない。

今日は誰のことも信じてはいけない日だ。「現状維持」という忍の報告も。

伴（とも）を連れず先触れの声を上げさせず、太刀を摑んで草履で庭に降りて一人で東の渡殿の方に向かった。太郎や姫を置き去りに。

渡殿は通路として使っている部分と、下人の寝起きする廊に分かれている。

廊のすぐそばに桔梗が立っていた——常なら最も忍の近くにいる乳母の桔梗は、忍に非礼がないよう華麗な五衣に裳唐衣を着けているから滅多に地べたに降りないのに。

そのそばに、笠をかぶった修験者——墨染めは泥汚れが目立つ。人相がわからないほど髭が伸びて、むさ苦しい蓬髪を後ろで結わえ、確かに腰に毛皮を巻いていた。獣じみた臭いもした。

「桔梗」

祐高が呼びかけると桔梗は血相を変えて棒立ちになった。

修験者の方はゆるりと顔を上げたが、祐高が抜き放った太刀に怯んだ様子はなかった。

「そなたともあろう者が曲者を邸に入れるとは。まじないにでもかかったか。行者のなりをした山賊か、あるいは邪道のまじない師か。検非違使別当の邸に入ってただで済むと思うな」

祐高は凄んだ。朝宣や兄には舐められっ放しだが何も知らない相手くらい脅せるようでなければ。

切っ先は研ぎ澄まされている。一歩踏み込めば修験者ののどを突く。

「わたしが人など斬れぬと高をくくっているのか。そなた如き下司を斬るのにためらいはないぞ」

「殿、この人は——」

修験者本人よりも桔梗の方が慌てた声を上げた。それで祐高はかっとなったが——

「いえ、御立派な態度でございますよ。いかにも、わたし一人くらいためらいなく叩き斬れるようでなければ。どうなさっているかと御身を案じておりましたが全く杞憂でございました。ならず者には毅然と接しなければ」

どこかで聞いたような声がした。

一瞬、全身の力が抜けた。太刀をかまえているというのに。

「……その声」

まるで幻術にかかったようだった。

「天文博士のように聞こえるが」

「はい、こんななりですが陰陽寮の天文博士安倍泰躬でございます。身の証を立てよと言われると困るのですが。賊紛いの偽僧侶でまじない師です。山から逃げてきて、桔梗さまを惑わせているところです。何も間違っておりません」

髭ぼうぼうの修験者が人を喰ったように声だけは涼しげにお辞儀した。

星見のまじない師は、柳のように細身で儚げな男のはずだったのに。鬼道に通じて神秘と神秘でない力で京の全てを知り、貴族の求めるまじないなら何でも用意する。それが顔のこんなところに毛が生える？

「恥ずかしながら、変わり果てた姿で帰ってまいりました。葛城さまは不在というし桔梗さまに信じてもらうのも大変で、それはこんな奇態な者が公卿さまの邸におりましたら警戒されます。別当さま御自ら叩き斬りにいらっしゃるとは。かえって安心しました」

しれっと言う。伸びた髭で表情が見えないのでますます狐に化かされているようだ。骸とも違う酸っぱいようなおぞましい臭いがするが、髭の下はどれだけ垢じみて。

「殿……」

桔梗は額に手を当てていた。常識人の彼女にもこの事態は判断の埒外だったのだろう。

「天文博士は家の小さな湯殿では間に合わないのでこちらの湯槽を貸してほしいと申しまして。しかし殿もお使いになる湯槽にこのなりで入られては困りますので、とりあえず下人用でざっと汚れを落として多少髪など整えてもらわないと……わたしもこんなことは初めてでどこから手をつけていいやら悩んでおりましたら……」

「ゆ、湯殿……」

それは必要だろう――寺などで貧民に開放している湯殿は釜で湯を沸かして蒸気で満たす蒸し風呂だという。井戸の水を汲んで沸かして適温の湯で湯槽を満たすのは貴族の邸でしかできない贅沢だと。

野犬のような臭いがするこの修験者姿は蒸し風呂では足るまい。井戸から汲んだ水をじかに桶で引っかけるしかないのでは。池で泳いでもらうのが一番早いかもしれないが、池の魚が死んだら困る。

「男の子を育てるのには慣れていたつもりですがこんなことは初めてです。大人が汚すとここまで。身に着けているものは捨てるしかありません。蚤が跳ねているのであまり近づかない方が」

まさか桔梗にこんな言葉を言わせるとは。昔、祐高が鴨川に落ちてずぶ濡れで帰ったとき、彼の乳母はこんなに冷たい目をしてはいなかった。桔梗は天文博士本体も大分捨てたい様子だ。――もしかして祐高が見咎めなければ追い返していたのでは。

「何ごとだ、その姿は」

「実は修験者に弟子入りして吉野の山で役行者の秘法を学んでおりましたが、才能がないから諦めろと山を下ろされた次第です」

「わけがわからぬ」

何もかも信じがたいところに冗談のようなことを言われた。

「殿、これでは天文博士も話しにくいかと。先に身なりを整えてもらいましょう」

桔梗が諦めたように言った。

「そ、そうだな」

祐高はそういえばまだ太刀を抜いたままだった。鞘に納めるときに手が震えてうっかり指を切った。

天文博士のこの格好をどうにかするのにはかなり時間がかかるということで、寝殿に戻って当初の予定通りに太郎や姫と弾碁に勤しむことになったが、相当動揺したのか四歳の姫にぼろぼろに惨敗した。切ったのは左手の指なのに不思議なくらい。

果たして、天文博士安倍泰躬が身なりを整えるのにひと時ほどかかった。その間に姫は太郎も血祭りに上げて弾碁はもう極めた、飽きたなどと豪語し、子らは二人してお絵描きで描き分けるこつを熱心に教えてくれた。

を始めていた。太郎は百足の足を正確に百本描く方法を研究中で、姫は忍と桔梗を目つき

泰躬が庇の間に現れたというので祐高は再び子らを置いて一人で会いに行くことに。

先ほどの汚い修験者装束は何だったのか。桔梗の息子の新品の烏帽子と狩衣を借りて、髪を切って髻を結い直して髭を剃ると以前のような、どこを見ているかわからないほっそりとした寂しげな男に戻っていた。前よりやつれて少し日焼けしただろうか。やせたということは、予想より髭の部分が多かった。

「随分御無沙汰してしまいました」

畳に座して深く頭を下げて上げる。何でもない動作なのに、あの姿を見た後ではいちいち衝撃を受ける。あれほどの髭を剃って顔に一つも傷がないということはこの邸には知られざる理髪専用の名刀があり、それを操る達人がいることが発覚した。

「いやはや、やっと人心地がつきました」

「一体何があってあのような……」

「話せば長いことながら。——大将祐長さまのお仕事を仕損じて以来、大変反省していました。家に戻れば師匠にも叱られ、仕事一筋で顧みてこなかった家族には冷たくあしらわれて。特に長男に馬鹿阿呆間抜け、先祖に恥ずかしくないのか、由緒ある安倍の家名を何だと思っていると罵られると堪えました」

——千枝松にあの勢いで罵られたらそれは落ち込むだろう。なお、泰躬が大将祐長に大

層なまじないを売りつけて仕損じた件で反省を強いたのは祐高である。

「もはや夢も希望もないと一条の橋のたもとに座り込んでいたら、人相が悪すぎたのか鬼がいると恐れられまして。近所の誰かが修験者を連れてきて。悩みを打ち明けたら在家のまま大峯奥駈をすることになりました」

「どうしてそうなる」

順繰りに聞いていても何か飛ばしてしまったようだった。

「陰陽寮の博士がしょうもないことで悩んでいるというのは行きずりの修験者相手でも恥ずかしいので、身の上をごまかしてけちな小役人のヤスと名乗っていたらそのように」

「そなたの風体でけちな小役人は無理だろう」

「けちな小役人ですよ」

泰躬は顔を歪めたようだった。

「どうせ年貢米のやりくりやおべっか使いの仕事に疲れたのだろう、京の者は頭ばかり使っているから悩むのだ、そのままでは胃の腑を患う、俗世のことを忘れて吉野で修験の教えを乞うて身体を動かして己の命のありようを見つめ直せと言われまして。人は大自然の中でこそ人らしくあるのだと。持たざる修験者の言うことにも一理あると思ったのです」

あるのか？

泰躬が自暴自棄になっていたことだけはわかる。陰陽師が修験者と術比べをして倒したという話はいくらでもあるが、落ち込んで修験者の弟子になるなんてあべこべだ。千枝松が聞いたらますます「家の恥」呼ばわりされるのではないか。

家族にも行く先を告げずに修験者と吉野に行っていたというのはほぼ「天狗に攫われていた」ということでは？　三十半ばのいい大人なのに？

「それで役小角の力を得て帰ってきた？」

「修験の才能はなかったようですが、一応役行者の最新の弟子ということに」

「悩みは晴れたのか？」

「はい、霊山の力で生まれ変わりました」

うなずいて語る泰躬の目は澄み渡っていた。

「五穀を断って木の実を喰らって湧き水を啜り、ときに岩を登り、雨の日は岩穴で眠り、経を誦して断崖を覗いていたら目が醒めました。人智の及ばぬ自然に身を投じて、俗悪の全てを清めた思いです。厚かましいことですが、後は別当さまに〝許す〟とおっしゃっていただければ」

……京で一番の星見の占い師が、山賊と見紛う姿にまでなって。

そこまで世の中の全てを忘れたいと思わせた、きっかけを作ったのは祐高だ。

「許す……」

「ありがたき幸せ！」

泰躬は勢い込んで頭を下げた。……こういうときに許してしまうから朝宣や兄に舐められるのではないか、と思わなくもない。

頭の痛いことだが、この男が戻ってきたというのは天の助けではある。千枝松には申しわけないが、彼一人では心許(こころもと)ない。

呪詛や淫祠邪教を退けるのにこれほどの適任者がいるだろうか。

こちらから打って出るなら彼を使うのが一番いいのに決まっている。

「許すついでに無茶なことを頼んでいいか、安倍晴明の末裔で役小角の最新の弟子」

「どちらも半端な未熟者ですが何なりと」

「偽りの神を殺すのだ」

祐高が言うと、泰躬は穏やかに笑んだ。

「別当さまは控えめで奥ゆかしくていらっしゃる。本物の神でも殺せますよ」

「そなたならできような」

表情は穏やかに見えても発言は不遜極まりない。千枝松のは大言壮語だが、この男ならしてのけるのに違いない。

俗悪の全てを清めたとか、どの口で。

7

「そういえば鯉寿丸君、鮎若君に御挨拶しておりませんね」

「女の血の道など尾籠(びろう)な話をするから男の子は邪魔じゃ。済んでからな」

まあそうだろう。忍は二日目も二郎を乳母ごと西の対に置いていた。

朝粥を食べて化粧と衣裳を整えて、今日も皆、北の対に集って白桃殿の講義を聞く。

「授かりやすい身体を作るには、常日頃から身体を温める食べものを摂らなければならない。瓜や茄子、梨は地面の上で育つもので水っぽく身体を冷やす。甘いものもよくない。地面の下で育つ大根、山芋、里芋、くわい、蓮根――」

小夜は連れの女房に文机で書き取らせている。呉竹は眠そうでときどき脇息にもたれてこっくりこっくり舟を漕いでいる。大雛童子相手に〝夜更かし〟したのだろうか。

さて、皆の前で白桃殿に話しかけるわけにいかない。どうにか二人だけで話をすることはできないだろうか。向こうだって忍と二人になりたいはずだが――

忍も眠くなってきた。甘いものを食べるなとか酒や油は控えろとか夜は寝ろとか当たり前のことばかりだ。

六年前の白桃殿は同物同治とか言って、仔を孕んだ鱶の干物を丸ごと贈りつけてきたりした。気色悪くて乳母や女房が卒倒したが、端を削って食べたら普通の干し魚だった。弘徽殿女御は鱏を贈られたとか。今回はああいうのはないのだろうか。白桃殿本人は鱶の干物をどうやって食べるのか目の前で実践してほしい。

忍が必死で眠気と戦って、ふた時ほど過ぎた頃。

「お方さま！」

誰か大声を上げ、衣裳が乱れるのもかまわずにばたばたと駆け込んできた。――ここにいるのは皆、誰かしらどこかしらの〝お方さま〟なのでややこしい。

ええと、五十手前で年かさなのは白桃殿の乳母の少弐か。

「何じゃ、騒々しい。大事な話をしている」

「畏れながら申し上げますが、奇瑞でございます！　吉兆です！　い、池から白い亀が出でてまいりました！　神亀、御亀さまです！」

少弐が興奮してうわずった声でそう告げるのに、白桃殿も驚いて瞬きをした。

「白い亀じゃと？」

「大きくて、天の使いに相違ありません。玄武の化身かと。白い亀はいにしえの帝に献上され、そのたびに改元あそばされたほど稀なるもの。ぜひ御覧になってください。西の対の釣殿におります！　皆々さまもぜひに！　天がこの邸を祝福し、白桃殿さまの功徳をお認めになった証でございます！　御目に焼きつけ照覧あればきっと皆さまにもよきことがありましょう！」

「そ、そうじゃな。見てみよう。亀？」

白桃殿は身を引いて圧倒されているようだ。

――何だかわからないが身を清くして里芋を食えという話より面白そうだ。

高貴の女君は自分の邸の渡殿を通るにも下人どもを下がらせ、庭側に女房が几帳を掲げ持って不埒な男に姿を見られないようにする。白桃殿、小夜、呉竹、忍と貴女ばかりで行列をなすと同じ邸の別棟に行くだけでも時間がかかる。

忍は自分の番まで座って待っていたが、健康法を聞かされているときよりよほど心が躍った。待っている間は連れと喋っていいのもあって。

「白い亀ですって。かわいいのかしら?」

「……玄武は黒なんですけど雑な話ですね」

「陰陽師はそう言うでしょうけど北の対に住んでるわたしたちは持て余すのよ、玄武」

縁起を担いで邸の東の対の庭は青龍(せいりゅう)で春の花を、南に対屋はないから寝殿の庭が朱雀(すざく)で夏の花を、と方位と季節でまとめていくと、北の対の庭は玄武で冬、となって年がら年中住む者には厳しいことになる。実際、真面目に玄武で冬の庭を作っている人はあまりいなかった。

「白い亀ねえ。珍しいのはそうですが、探せばいないわけではないです。それで霊験があるなら我が家は今頃大金持ちで米倉をいくつも持っていてもよさそうなものです。蛇の抜け殻が安産にいいとか、皆さまお好きですねえ」

女房たちがばたばたして誰も聞いていないのをいいことに、千枝がかわいげのないことをつぶやいた。

「白桃殿さま、驚いていらっしゃったようだったわ。あの方の考えたまじないではないのかしら?」

「白い亀より二形の人の方が珍しいでしょう」

そう思うと今のこの白桃殿邸は功徳に満ちている。

ついに忍の番が来て、しずしずと西の対まで進むことになった。

西は秋の方位で、この邸でも庭には秋の七草が多い。夜は気づかなかったが薄紅の撫子(なでしこ)が既に咲き誇って美しく、紫の桔梗も咲いていた。星形の花を見ると、こちらの乳母の桔梗は何をしているかと思いを馳せた。

池に張り出した釣殿では、高欄のすぐそばで先ほどの少弐の案内で一足先に白桃殿が熱心に語りかけているようだった。

「鯉寿丸、亀にお祈りせよ。元気にしてもらえ。亀のように万年生きますように、と願うのじゃ。この稀なる亀は母の努力が天に認められた証じゃ。よく拝むとよい」

そばにいるみずらを結った童子は嫡男の鯉寿丸だった。あまり見かけないが祐長そっくりの——つまり祐高そっくりの面影が見間違えようがない。咳をして病弱とのことだが顔色は悪くない。

その後ろに鮎若、昨日の小鮒が順番を待って控えていた。鮎若は祐長に連れられて別当邸に来て、太郎と遊んでいる。元気いっぱいの少年と思っていたが、記憶より少し面差しがやつれている。

小鮒は順番を待ちきれないらしく背伸びして鮎若の後ろから亀を見ようとしていたが、流石賢い子だ。つま先立ちで転びそうでも兄を押しのけるようなことはしない。支える乳母は大変だが。

親子が盛り上がっているその後ろに小夜と女房たちの列が並んで、その次に呉竹。白桃殿に血縁の近い順。呉竹は白桃殿が亀に夢中なのをいいことに、大雛童子を隣に招いてぎゆっと手を握っていた。女房がいなければ肩を抱いたりしていたのではないか。

答え合わせのような光景だった。これを見れば忍ならずとも、何が起きているのかは明白だろう。

鮎若、小鮒が済んで小夜の番が来た。列が進むときにちらりと見えたが、立派な金ぴかの角盥(つのだらい)に入っているようだった。白桃殿か鯉寿丸が顔を洗うものではないだろうか。

亀は池で見かけるものより大きく、白いというが黄色に近かった。真ん中で甲羅が盛り上がっているところがおかしな形にへこんでいたような——

あの色は黄金に擬すこともできるのではないか。黄金の亀などいかにもありがたい。乳母が浮かれるわけだ。

「大姉さま、この亀」

小夜も嬉しげで声が弾んでいたが。

「首を切って血を飲んだら子を授かりやすくなったりしないじゃろうか」

とんでもないことを言い出した。

「駄目です、絶対に駄目です！」

即座に耳が痛くなるような大声がすぐそばでした。

「——誰じゃ、今の声は」

白桃殿がこちらを振り返った。

千枝が縮こまり、目を白黒させて檜扇の陰で口を押さえていた。耳まで赤い――ここでやってしまうとは。仕方がない。

「わ、わたくしです。亀を食べるなんて罰当たりですよ！　罪作りです！　ましてや白桃殿さまの霊験の証を！　後世の障りになりましょう！　地獄に落ちます！」

忍が頑張って裏声で無難なことを言っておいた。ごまかせただろうか。幸い、白桃殿は小夜の方に向き直った。

「忍の上の言う通りぞ。何ということを言う、慶子！　亀を食べるなど卑しいことを！」

激しい口調で叱責した。妹とはいえ諱を呼ぶとは。忍は姉にこんな風に叱られたことなどない。なのに小夜は言い募る。

「か、かようにめでたきもの、大地の気が集まっておりまする。鼈の黒焼きなど薬にするじゃろう。鼈とこれで何が違う。召せばより強い力を授かって」

そんなところで食い気を見せなくても。

「黙れ、二度と考えるな！　我が徳を穢す。神聖な亀、姿を愛でるのみじゃ。もうよい！　呉竹の上！」

白桃殿は一考もしなかった。小夜を簀子縁の方に押しのけて次の呉竹を呼んだ。

――あんまり騒いでいるせいか、母屋の方からやや子の泣き声がする。二郎だろうか。

やや子は泣くのが仕事とはいえ間が悪い。

忍は近頃、鹿や猪や兎など罰当たりなものを食べるようになったがいくら何でも池の亀はない。誰も食べたことがないというのはきっと美味(おい)しくないのだろうし。
呉竹はちゃんと亀のありがたさにはしゃいで帝に献上すればいいとか白桃殿にお世辞を言うばかりで、小夜のようにしくじったりはしなかった。食生活の話を聞いていたときは寝ていたくせに、要領のいいことだ。

「——さて、忍の上」

やっと忍の番が来た。豪奢な金蒔絵の盥の中で黄色い亀は身体の半ばまで水に沈め、赤い目で忍を見上げていた。並みの亀より一回り大きく年寄りのようで、真ん中がへこんだ甲羅にところどころ苔(こけ)が生えているのも神々しい。人が騒いでいるのなどまるで知らないという顔だった。

「皆、西の対で休んでいてよいぞ。折角じゃ、秋の花を見て菓子など食すとよい。忍の上には格別の御利益(ごりやく)が必要であろう」

白桃殿が呉竹に呼びかけて、もう見終わった皆を追いやった——

ついに彼女の本音が聞ける時間になったというわけだ。どさくさに紛(まぎ)れて千枝もそちらに行ったらしく、周囲は白桃殿の女房ばかりで忍の連れは桜花と葛城だけだった。

「これは白というより黄金の亀でございましょう。白桃殿さまの功徳のお相伴(しょうばん)に与(あずか)って、わたくし夢のようです。ここに来た甲斐(かい)がありました。きっと四人目を授かってもこの亀の力で安産となりましょう。何も恐ろしいことなどなくなりました」

「それはよかった」

「きっと我がいとこ桜花の運気もこの先、上がるばかりでしょう」

忍は満面の笑みで歯の浮くようなお世辞に注力した。

「でもわたくし、今のままでいいのかしら。自信がなくなって」

「ほう？　愛を見失ったという話か？」

「いえ」

ここからは白桃殿にとっても楽しい時間だ。

「実はゆうべ、こちらの小鮒さまをお見かけいたしまして、わずか四歳で論語を修めておられるとか。聡明でわたくし、怖いくらいでございました。うちの太郎などまだ五言絶句の簡単なものでつまずいていて。六歳でひらがなしか書けないというのは少し遅いのかしら。足し算も手の指で数えなければわからないと言うし。わたしの教え方が悪いのかも」

忍はいかにもおっとりとした令夫人らしくしなを作ってみせた。

「焦るものではない」

白桃殿の目がぎらついた――やはりここだったのだ、彼女の勘所は。

「文章博士(もんじょうはかせ)の孫という学生がとても才長けた若者で教え上手じゃ。論語や詩歌(しいか)のみならず律令、算学にも明るい。太郎君もあれに教われば末は大臣も夢ではない」

「まあ。本当でございますの？」

――小鮒が西の対に来たのは偶然ではない。彼女の策だ。乳母と二人してわざとらしく論語の書きつけなど持ってきて。香を焚きしめた紙など子供に使わせるものか。

忍が全く大雛童子やまじないに興味がないのを見て取って、他の方法で威圧してきた。子を持つ聡明な女が何を恐れているか彼女は熟知している。その詭計で一瞬、忍を本気で怯(おび)えさせた。

千枝に言われなければまだ怯えていたかもしれない。陰陽師見習いにまじないを打ち返してもらって正気に戻った。

〝京で二番目に不幸な女〟桜花などどうでもよかった。白桃殿の狙いは最初から忍の方で、どんな手を使っても落とすと決めていたから。

今の段階では実妹の弘徽殿女御より美味しい獲物で稀(まれ)なる珍味だった。

「それだけではない。まろはこの白桃殿邸に上つ方の貴族の子を集めて、学問所を作ろうと考えておる。読み書き算術だけでなく音楽や礼儀作法や馬や弓矢も。今の大学寮は腑(ふ)抜けじゃ。木(こ)っ端(ぱ)役人の通うところ。菅原道真公(すがわらのみちざねこう)など昔の話よ。邸から昼間だけ通いでもよいし、ここで衣を着替えさせ食事を摂らせ寝かせても」

――それが彼女の野心。忍が思っていたより壮大だ。四、五人集めて満足するのかと。

「大学寮を超える学問所？　夢のようですわね」

「まろや忍の上、それに呉竹の上の子ら、ゆくゆくは我が妹、弘徽殿女御の皇子。皆をこちらで預かって学問をさせて、大臣を育てようと思う」

「あら、呉竹さまの御子とは？　あちら、子宝がなくて悩んでおられるのでは？」

「妾の子を四人引き取って育てている。いちいち一人ずつに家庭教師をつけるのは面倒であろう？　一人教えるのも二人教えるのも同じじゃ」

二十九にもなればもう諦めているのか。うっかり三十で初産という方が大変か。

呉竹は実家が弾正尹大納言を必死で歓待しているのか、浮気を許すことで上手く夫を操っているのか、妾の子らを人質に取っているのか。子のない女なりの立ち回りを心得て、今更家庭に波風は立たないと。

ここに来たのは白桃殿の誘いに乗って顔を出した方がいいと空気を読んだだけで大して子授けに興味などなかった、か。

「妾の子と反りが合わず持て余している母もおるじゃろう。こちらで預かって寝起きさせ躾ければ気まずいこともない。何と、京から継子いじめがなくなるぞ」

そうして親の義務を肩代わりしてやるとささやいて、権利も自分のものにする、と。

「白桃殿さまのお志、何て御立派なのかしら。大臣さまなんて。本当になれたらいいでしょうねえ。でも、大将さまはお手伝いくださるのですか？」

「祐長の力などいらぬよ」

白桃殿は笑った。やつれてあごは尖ったが輝く瞳は鮮やかな紅に負けていない。

「あれと取引した。女四の宮降嫁を受け容れる代わり、女叙位を願うと」

——そういう手があったか。

高官の妻ともなれば、高位の女官の地位を授けられることがある。女官の仕事などしない。地位だけで領地収入などの位禄を得る。彼女は現役の大臣の娘で大将令室なのだからかなりのものになる。

「女官の禄でここを学問所に作り替える。もうあれが通ってくるとかこないとかで一喜一憂するのはやめじゃ。阿呆らしい。皇女降嫁など勝手にすればよい、まろも好きにする」

名を捨てて実を取ることにしたのだ。

ただし捨てられるのは大将祐長の名でもある。

男もそんなに諱を呼ぶものではなく、地名や住んでいる邸の名を使う。夫婦は姓は違うが同じ住まいの名で呼ばれる。祐高にとっては兄、忍にとっては義兄である人は〝白桃殿の大将〟でもある。

〝白桃殿〟の場合は夫の事情と関係なく妻の方が邸の名に違う意味をつけようと。

白桃殿は緑の水を湛(たた)えた池を背にしていた。細身の身体に撫子(なでしこ)の襲、薄紫の表着の下に淡紅の袿を幾重にも重ねた匂いの着こなしの何と艶やかなこと。そしてくっきりと黒い豊かな髪。やつれて小さくなった顔も気品と自信に満ちて晴れやかだった。帝の妃と会ったこともある忍だが、白桃殿の美貌は彼女らに比べても遜色(そんしょく)なかった。

いや円熟している分、勝っている。

「小鮒は出来がよいであろう。ちい姫を亡くした寂しさを紛らそうと引き取ったが、あれを見て思ったのじゃ。皆、次を産め次を産めと言うがまろが苦労して子を産む必要などないと。人の子を預かって育てて、その中の誰か一人でも大臣になれば、ここで育った他の子らも友として高い地位に昇りつめよう。ここは〝閥(ばつ)〟になる。学閥じゃ」

まだ若い女四の宮が子を何人も産んだらいずれ負けてしまう。

貴種の血に勝てないなら、他の能力を底上げするしかない。「あの女の産んだ子は血筋だけ」という話に持っていくしか。

それだけではない。

白桃殿は小鮒を千枝松にしようと思いついたのだ。

――千枝松は誤解している。彼は罠にかけられている方なのだから自分の状況がわからないのは当たり前だが。

安倍家の〝ゆかりさま〟はこの上なく上手くやっている。

夫の訪問がなくて寂しい、よその女のところに行ってばかり、と妻本人が言ったら負けだ。この世に生きている意味がない惨めな女。よほどの醜女、悪妻なのだろうとせせら笑われる。若い女に勝てないのは当たり前、と嘲られる。

良妻賢母ならそんなことは、妾の子に言わせる。不良の子では駄目だ。学を修めた真面目な男の子。

孔子の教えに通じ、忠孝を弁えた男の子が「正妻として頑張っているのに報われなくてかわいそう、ふしだらな女と浮気ばかりしている夫が悪い」なんて言っていたら、誰でもさぞ不実な夫なのだろうと正妻に同情する。

妾を踏みつけて搾取するのにこれほどの策はない。産まれた子だけ取り上げて刷り込む。妾の子をいじめる継母など愚かなばかりだ。

子は多ければ多いほどいい、一人二人ひねくれて脱落しても誰かが上手くいけば。

誰か一人がお義母さまありがとうございます、あなたのおかげですと感謝すれば。

白桃殿は、何なら祐長の子でなくてもいいとすら考えた。広く募れば小鮒以外にも有望な子は出てくるだろう。

京の女は夫を一人しか持てないが、子なら何人も持てる。弟子なら数限りなく。しかも子の愛は夫の愛より遥かに長く続く。三日やそこら夫の愛など邪魔なだけだ。

〝ゆかりさま〟が育てているのは陰陽師だが、白桃殿は大臣や公卿にしようと――手に入るなら皇子さまも――

公卿たち皆の母になれば、女だてらに朝廷を裏から支配して政治を動かすこともできる。子らは幼い頃に世話してくれた女を忘れるまい。

妹に押しのけられ妃の座を逃し永遠に国母になれない彼女でも朝廷の頂点に立てる。妃だから、大臣の姫だから持て囃されるのではなく白桃殿の名で尊ばれる。

若いだけの女四の宮やそちらに傾く夫など歯牙にもかけない。

何て賢くて前向きで立派な人だろう。

欠点はたった一つ。

尊敬できない。

妾の子ばかり集めたのではやはり世間に負け犬と見なされる。夫に愛されていない女が子の教育に打ち込んだら「それしか人生の楽しみがないから」と揶揄される。安倍家の〝ゆかりさま〟は一族に守られていればいいが、白桃殿にはもっと他の盾が必要だ。

ここに嵌まる盾が〝京で二番目に幸せな女〟だ。

夫と円満な女。魅力的で愛される女。誰からも祝福された愛の結晶の子らを持つ。一人でいい。目に見えて勝ち組の女を仲間に引き入れておけば、ついでに彼女の矜持も守られる。

この人はそのためだけに忍の友情を求め、太郎を預けろと言っている。仲がいい妹やいとこより忍に予定を合わせ、忍が孤立しないように話題を振って——白桃殿は気遣っていたつもりだったのだ。

祐高の堅物はいい評価もされているようだから、あそこが子を預けるならうちも、と便乗してくる人もいるだろう。

太郎にとってはとてもいい話だ。漢籍でも律令でも算学でも地理でも歴史でも、教育はいつかは必要になる。音楽や礼儀や馬術や弓術も。

家々で家庭教師をつけるよりまとめて教えた方が手っ取り早いし、それぞればらばらに習ったのでは抜けも出てくる。優秀な教師一人に任せれば粒を揃えられる。

学力だけでなく、幼い頃から上流貴族同士で集まって人脈を作っておけば大人になって政をするのに有利になる。

既に教師を見繕ってあり、白桃殿はきっと隙のない監督役をするだろう。費用も太郎の分はまけてくれるのだろう。いいことずくめだ。

彼女を信じられれば、の話。

妾を奴婢扱いして子を奪い、正妻には楽をしたいだろうとささやいてまるで徴税するように子の愛を取り立てる。

この女の本性は利と矜持ばかり。鼻持ちならない。小細工で先回りして常に人の頭を押さえつけ、自分が上位に立っていないと話ができない。

嫌な女。

忍をいいように利用したいから好条件を並べているだけだ。

桜花は子を産んだら逆に純直の実家に取られかねない。白桃殿は手駒にならない女はいらないと露骨に態度に出した。役に立つかどうかでしか相手を見ていない。

半端に肩入れしたら忍も太郎も使い潰されて馬鹿を見るのは必定。

そういう意味では大将祐長の比翼連理、これ以上に相応しい女はいまい。

親の言いつけでも何でも十代の多感な時期を二人で過ごしただけのことはある。

だが夫がつれない、皇女さまになんて敵わない、誰も彼も優しくない、呪ってやりたい、誰か助けて、と泣いているよりこの方がずっといい。

優雅に微笑んでいるのがいい。

こちらもぶちのめすのをためらわない。

まじない師はこちらの方が上だ。地の利は白桃殿にある。他は？　頭脳と美貌と品格。戦力は五分と五分。

そうとわかったらこの女を全力で血祭りに上げるだけだ。

「でも、幼い頃から勉学ばかりというのはかわいそう」

忍はおっとりとした淑女のままでかまえ、言葉で拳を打ち込んだ。

「我が夫も心配しておりましたが、近頃鮎若さまの顔色がよくないのは小鮒さまに対抗するべく、文机に向かわされているからですか？　よくできた弟と比べられてかわいそうに、向いてないんじゃないかしら。以前は溌剌となさっていたのに。御子一人一人に合った方法というのがあるのではないかしら。のびのび外で遊ぶ時間も御子には必要ですよ。学問の邪魔になる、将来の役に立たないと切り捨てるのはたやすいですが、四季折々山野で遊び草花と親しむ時間も大事にしてあげねば。大人になって酒を飲むしか趣味がなくなって、本当はあれがしたかったこれがしたかったと親を恨むようでは本末転倒です」

そちらが子を使って攻撃してくるなら、こちらも子の隙を狙うまで。

「うちの太郎は夫に似てぼんやりしているから、大器晩成なのではないかしら。早くから勉学勉学とせき立てて性根がひねくれてしまっては元も子もないし。それに学問所に通わせるなんて、夫に相談して許しも得ないと」

「子の養育は女の領分、忍の上はいちいち夫の許しを得るのか」

「我が夫君は子育てにも熱心ですよ、御自分がどうだったかよく思い出してあれやこれや助言してくれます。祐高さまは論語は十歳のときに始めたとか。いくら生みの母でも、女親に男の子のことはわかりませんからねえ。助かります。わたくし、無学な女で論語やら礼記(らいき)やら漢籍は得意ではございませんから何もかも夫の経験を参考にするばかりで」

真正面から地力だけで打ちかかりもする。ここで手加減したらかえって非礼。

「十歳なあ」

だが白桃殿は薄い笑みを崩さない。この筋からの攻撃は予測していたのか。

「ぬしの夫君が十歳で論語を始めたのはまろの手柄(てがら)であるぞ」

「それはどういう?」

「まろが祐長と添うたのは十一、あれが元服すると同じとき。じゃがあれは聟に来たときにまろより漢字が下手で、論語どころか七言律詩(しちごんりつし)も覚束(おぼつか)ない。まろが父にせっついて大学寮の博士をあれにつけて叩き込んでやったのよ。あれは一人で文机に向かうのは気が進まぬと甘えたことを言うからまろが横についてなあ。まろの方が出来がよかったが祐長も二十までには何とか格好がついた。これでは御実家の義弟君の教育も危ぶまれると、それらしい学生をあちらにやったが役に立ったようで何よりじゃ。いらぬお節介(せっかい)でもなかったようじゃな。大器晩成なあ。そう思っているのは忍の上だけでは？　別当殿ももっと早うから始めておったら今頃、愚兄よりも先に大臣になっていたのでは？」

――まさかそんな手筋があるなんて。

やはり恐るべき兄嫁。子だけでなく、育てた夫も手駒か。祐長と祐高の両親は何をしていたのか？

「京の貴族は勉学に興味などない。太郎君の学問は遅いかもしれぬ、なぞと恐れるのはぬしくらいのものよ、忍の上。呉竹の上は愚にもつかない媚薬やら顔のいいまじない師やらに夢中じゃ。妾の子などものを食べさせていれば勝手に育つと思っておる。目新しい芸で釣らねば、あれはここにすら来なかったであろう。衛門督殿の北の方は顔すら出さず、世間が何をしているかにも興味がない。邸の奥で一人、どんな子を育てているやら。まろも憂えておるのじゃ。あのまじない師を邸に置くようになってからこれまでとんと連絡のなかった方々が次々に手紙を寄越して。喜んでいいやら悪いやら。忍の上が斯様(かよう)ないかがわしい遊びに興味を抱かなくてほっとしている。良妻賢母を謳(うた)われるだけのことはある」

──小鮒の書き取りは忍を引っかける手管ではなく、あの段階まで到達する女が他にいなかったと？

「女の無学は実に嘆かわしい。学のない女が子を駄目にするのじゃ。子は駄目なまま大人になり、朝廷にも血筋ばかりで無学蒙昧(もうまい)な男がはびこる。目も当てられぬ。いずれ国が傾く。ぬしも書に親しみ、子とともに学ぶとよい。女は学んではならぬなどと心の狭いことをまろは言わぬ。まろのように漢籍を読めばよい」

「そういえば小夜さまは、あの方も養子をお取りなのですか？」

その名を聞いて白桃殿はあからさまに嘲りの笑みを浮かべた。

「あれはまろがこうせよと言ったら何でもそのようにする。意味などわかっておらぬ。漢籍は難しすぎる、己では読めぬとまろに教えを乞う。理屈がわからぬまま、まじないにすがるばかりじゃ。まろが宗旨替えしたのも知らんのじゃ。我が妹ながら憐れで愚かな娘よ。所詮は弘徽殿女御が駄目だったときの予備。見かけは尻が大きくて多産じゃが未だ素腹では今日明日にも夫君に離縁されるであろう」

「そんな、まだ十九でいらっしゃいますのに。御子などこれから」

「連れ添うてもう七年か。十五、六で産まねばならんのにそこから四年も経って。我が父がせがんで権中納言殿に待っていただいたが限界じゃ。あれも臣下風情の男に見くびられ疎まれて生きていくのは惨い、姉として見るにしのびない。こちらでよそのお家の子らを見守って別の道を見いだした方がまだしもましであろう。衣を縫うくらいはできようぞ」

白桃殿は断言した。やはり傲慢でいけ好かない女だ。

忍は最後の切り札を出すことにした。

「薬師やまじない師。あれは何でございますか。学のない女を引きつけるためにしてはやりすぎです。御寺はあれを淫祠邪教と疑っておりますよ。いかにこちらが高邁な理念で学問所をと言っても、あんないかがわしいものを抱えていては御寺が許さないでしょう。力ずくで破却されてしまうかもしれないと、夫が危ぶんでおりました」

「おや、忍の上はこの学問所がもとより寺と競合するとは気づいておられない?」

楽しそうに白桃殿は美しい顔を歪めた。

「寺は勉学や礼儀を教えてやると言って貴族子弟に行儀見習いをさせよと。坊主どもが稚児をどのように扱うか忍の上はご存知ない？　やつらが卑しい欲を向けるのは下人の子ばかりで高位の貴族の子は無体をされないと信じている？　頭を丸めたくらいで男の色欲が消えるものか。あやつらに人の子を預かる資格などない！」

彼女の声音の荒さにわずかに忍は怯んだ。

「そもそも、ちい姫が死ぬるというときに御寺が何をしてくれた。神主や陰陽師が何をしてくれた。読経してまじないをして布施を取って金の位牌を作って、それで我が心が癒されると。御仏の教えが何の役に立つ。格好ばかりで尻の穴にしか興味のない僧を世に送り出して、子を産む女など蔑むばかりで」

言葉から剝き出しの傷が覗いた。

「あれらがまろを許さぬから何じゃ、見た目を取り繕って顔色を窺うなど願い下げじゃ。白桃殿は淫祠邪教の天魔仏敵、全くもってその通り！　破却したくば今すぐにでも。文句があるなら早く言いに来ればよいのじゃ。荒法師結構。女に戦ができぬと思うておるならば試してみよ。迎え撃ってくれる」

離れた夫の心を取り戻すまじないや人を殺す呪詛など子供っぽい。

彼女の呪いは見た目よりもっとずっと根深い。

――危険だ、これはいずれ彼女のもとに集った子らも蝕む――

「――せめて瑠璃宝寺と協力はできないのですか。あそこは尼ばかりの女人の寺です。全くの淫祠邪教にならずとも、尼の力を借りて」

「あそこは寺領を持たぬ私度の尼寺じゃ。勝手に言っているだけじゃ。収入がない。夫が嫌になったかわいそうな女が逃げ込むところじゃ。夫から逃げた女を助けてやる者などなく、捨てられた子が尼になった母のために布施をする。健気なことじゃ」

夫から逃げるのではない白桃殿は軽蔑を込めて吐き捨てる。

「それだけではやっていけないから見るからに病弱に生まれついた娘、はなから聟を迎えられない娘を貴族から預かって尼にして、親から口止め料を取っている。女の自立や自由とはほど遠いぞ。かつては仏法を志す貴女が集っていたようじゃが今や負け犬を集めた犬島よ。あれこそ御仏が女を救わぬ証左。手を組むなど虫酸が走るわ」

弱いもの、負けるものなど彼女の眼中にはなかった。

「どうせ夫に捨てられ子にすがるしかないならば子には上卿を目指してもらおうではないか。親が足を引っ張ることがないようにせねば。まろは世の中をよくして皆に幸せになってもらいたいのじゃ」

――人を慈しむのではなくあなたの心を満たすために？

「心配なら忍の上は日和見をして、我らがひとしきり揉めて決着をつけた後で太郎君を寄越せばよいぞ。その頃には二郎君ものが言えるようになっているか。子の成長は早いゆえこちらもさっさと片づけねばなあ。亀は戦の運気を上げてくれるじゃろうか」

「荒法師と諍いになれば呉竹さまの御子も危ないでしょう」

「我らが勝つのに危ないも何もなかろう。何ぞあったとして、妾の子じゃ。筍のようにいくらでも生えてくる。忍の上はお気になさるな」

白桃殿はそう締めくくり、北の対に戻ると女房たちに指示した。盥の中の亀は、ゆっくりと頭を水に沈めて尖った鼻先だけで息をしている。

──何て見事な。女対女の弁舌ならいくらかやりようがあると思ったのに、全部受け流されてしまった。

「……忍さま」

桜花が耳打ちした。

「わたし、あの方が怖いです。この世の全てを押しのけて頂点に立てると思っているのでしょうか？」

「淫祠邪教として真っ向から御寺と戦ってまで、ね」

〝京で一番不幸な女〟にならないためだけに、他の何にでもなると言い切った。

動機が不純だとして、これほどの覚悟がある人がいるだろうか。

──祐高に何を言う？　白桃殿邸にはこの世の善と悪の全てが集っている。

悲しい女の業なんて単純な話を超えた。

8

「いえ、あの、忍さま。この世の善と悪の全てって具体的に何か御承知ですか」

北の対の母屋に戻る前に衝立の陰で豆入りの小餅を食べていると、葛城が忍の耳もとにささやいた。

「大将令室ともあろうお方が祈禱は効かない仏法は嘘だなんて大声でおっしゃっていたら、仏罰が下りますよ」

「荒法師が束になって攻め寄せてくるんでしょう」

「生やさしいものではないですよ。十何人程度でも攻めてきたら武士でない下人や近所の人は河原に逃げることになります。弓矢や太刀でやり合うよりそちらの方が大変ですよ」

「火でも出たら誰が勇ましくて強いとか関係ないしね」

備えがあっても、攻め込まれれば何だかんだ失うものの多い白桃殿は不利。

争いから逃げる人も人数が多いと突き飛ばされたり子とはぐれたり、遭わなくていい災難に遭うのは必至。

物理的な仏罰だけではない。祈禱のおかげで安産し、病が治った人たちは白桃殿の言い草に反感を持つのに決まっている。——密かに瑠璃宝寺に娘を預けている人も。

自分が仏法で救われなかったからといって仏法で救われた人を否定したら恨みを買う、

当たり前だ。常識に逆らったら痛い目をみる。

「わかってるわ。ここでわたしが〝御寺に逆らう白桃殿さまにつき合うことはできません〟と帰るわけにいかない」

戦なんかできるわけがない。あの言い方では味方でもそっぽを向く。

白桃殿はいずれ破滅する。一人で、ではない。貴族の子を集めるだけ集めて。

忍は、一度言い負かされただけで諦めてはいけない。

「検非違使別当は矢面に立って兵を率いたりしないから知らない、では済まない。令室として京の平安を守る責務がある」

――祐高が邸で待っている、手ぶらでは帰れない。女の事件は女が解決すべきと任されたのだから。

夫のためにも妻の務めを果たす。良妻賢母を名乗るからには。

甘い小餅を食べて力をつけているのもこの後に備えてのことだ。千枝の言う通り、頭を使うとお腹が空く。

「理屈で説得はできないとわかっただけ。次は感情に訴える。明日、貝合わせをして帰るまでにわたしの言葉で白桃殿さまの心を折って、せめて御寺と対立するような真似だけはやめていただく。――大体あの方、人の子を預かろうというのに母や子の気持ちは無視して御自分の都合ばかり、何様かしら。よいことを思いついた、そちらにも得がある、世の中がよくなる、だから従えなんて。そんな言い方で人が動くと思ったら大間違いよ。何でもはいはいうなずくような人たちに囲まれてるとああなるのよ。鼻っ柱をへし折ってさしあげないと」

「白桃殿さまの心を折るなんて途方もないことに思えますが」

「手段を選ばずに相当きついのをお見舞いしなきゃいけないでしょうね。ちい姫さまが草葉(くさば)の陰(かげ)でお嘆きですよ、とやるのが一番、でもとどめの一撃ね。そこに至るまでに何か手傷を負わせないと。樵(きこり)だって一回で木を打ち倒すわけではないわ、方向を変えて何度も斧(おの)を入れるのよ。千枝は口寄せの術でちい姫さまの御霊(みたま)を呼んだりできないのかしら」

「ちい姫さまはやや子ですよ、呼んでも喋れないと思いますが」

「わたしが手を汚さなくても白桃殿さまの心をずたずたにして白目を剝かせるようなまじないがあればねえ」

「手を汚すって忍さま……」

と言うものの千枝は姿を消したきりだ。また大雛童子のところに行っているのか、今度は床下にでも潜ってるのか。大雛童子は白桃殿のやり方にうんざりしてるならこちらを手伝って、あちらの弱みなど教えてくれないか。

「そうだ、祐高さまにお手紙も出さないと。……〝呪詛はなし〟でいいけど〝淫祠邪教だけど思ってたのと違う〟の暗号を決めてなかったわ。〝現状維持〟で出しておいて」

「はあ」

葛城に手紙の代筆を頼んで、乱れた紅を拭って塗り直して、今日は北の対で夕餉だ。

母屋に入ると丁字がつんと香った。部屋全体に先ほどと違う香を焚いている。少しきつい。そのせいか誰かしきりに嚔をしていた——白桃殿の女房らしかったが、止まらないということで一人、退出させられた。

今日こそ精進料理で白桃殿が昼に語った身体を温める食べもの、少し早い蓮根の煮物。身体にはいいのだろうが華がない。面白味も。精進料理にしても、茄子などあればもう少し彩りが出る。忍は茄子で身体を冷やしても一向にかまわない。芋粥もいい。

女四の宮の華燭の典は、きっと母である御息所が贅を尽くした山海の珍味を用意しているだろうに。鶴の肉やら鮑やらで豪勢に祝っているのだろうに。わざとか。無言で蓮根をぼりぼりかじった。小餅で腹ごしらえしておいて正解だった。

——何だかやたら砂を噛む。蓮根をよく洗っていないのかと思えば、姫飯や漬けものにも砂が混じっているような。いちいち懐紙に吐き出しているのは忍だけで、白桃殿や小夜は優雅に箸を操っている。嫌がらせか？　白桃殿は忍の機嫌を取りたいだろうに、誰が？

「いやあ、今日はすごい日でございましたね。あの亀はいつ主上に献上するのです？」

呉竹が白桃殿にしきりに話しかけていた。彼女も特に砂を噛んではいないようだった。

「そうじゃな。陰陽師などに日取りを占わせて、よき日に」

「名前などおつけにならないのですか」

「主上にさしあげるなら主上がおつけになるべきじゃろう」

白桃殿は相槌を打つのも面倒くさそうだ。

「折角、女ばかりいるのじゃから面白い趣向の一つもなければな。音楽でも奏するか」

「音楽よりもっとよいものがありますよ。わたくし、思いついたのですが」

呉竹が何か耳打ちすると、白桃殿は気に入ったようでうなずいた。

「なるほど」

と今度は白桃殿が女房に耳打ちする。

やがて、忍の前に女房が膝行り出て忍の前に折敷を置いた。折敷には金の盃。

「忍の上」

白桃殿が取れと促す。

「……わたくし、二郎に乳をやっておりますので御酒は飲めません」

「酒ではない。これは〝嘘がつけなくなる薬〟じゃ。大雛童子さまはそのようなものも調合する。体験してみないか？　身体に悪いようなものではないぞ」

おかしなものを飲みたくないから言いわけしたのに、こうなると盃を取るより他にない。白桃殿は目上だ、何度も断れない。長い柄つきの銚子から注がれた白い液体は、酒のように見えるが。

「これを飲んでまろの問いに答えよ。無礼講じゃ。おかしなことを言ってもかまわぬぞ、まろは口が堅い。黙っておるから。それとも忍の上には墓まで持っていく秘密が？」

「――秘密などありません」

白桃殿の口の堅さなど信じられない。他の二人もどうだか。

何も面白くないが忍はくい、と盃を干した。ほの甘く、のどを通るとき熱さを感じた。やはり酒のように思える。息をつく。

「すぐに効くのでしょうか？」

「少し待て。じきに何でも話したくなる。——こちらも昔話でもするか」

白桃殿が語り始めたのは昔々のおとぎ話ではなく、十四年前のことだった。

「あの祐長もかわいげがあったものよ。十一の頃は流石に女に悪さもできない洟垂れで。あれは歌が下手でいつも代作を書き写して持ってくる。たまには自分の歌を詠めと言ったら、赤い梅の枝に〝あをによし〟とだけ書いた短冊を添えて寄越した。赤い花にあをによしとは、まろを馬鹿にしていると怒ったものじゃ。あれは女四の宮にはどのような歌を詠みかけておるのじゃろう」

——よく似た話を知っている。「どうせあなたは頑張っても無駄なんだからお歌を詠むふりなんかしなくていいわよ」と言ったら、白い梅に何も書かない短冊がついてきたことがあった。

あるいはもとは兄の方が考えたことで、弟は真似ただけなのかもしれなかった。

二人とも他の人の真似をしていたのかも。

白桃殿と忍で一歳しか違わないのだから親の機嫌が違ったら今頃、忍が大将祐長令室になって白桃殿が弘徽殿女御になって、右大臣家の次女があぶれて別当祐高令室になっていたかもしれなかった。政治というがこんなものは気紛(きまぐ)れだ。

忍が大将祐長令室になっていたら彼女のようになっていただろうか。誇りを守っただろうか。ただ夫の浮気を嘆くばかりのめそめそした女だっただろうか。

運命とは何だろう。

「そろそろ効いてきたか？」

――よくわからない。ただの酒だったのでは？　一杯で酔うほど忍は弱くない。

これはこういう〝趣向〟なのではないか？「嘘をつけなくなる薬を飲んだ」ということにして白桃殿のあけすけな質問に何でも答える。沈黙は許されない。

悪趣味なだけで他愛(たわい)のない遊び。呉竹も白桃殿も、忍をいじめようというのではない。

「ちょっとよくわかりません」

「では何か聞いて試してみようか。忍の上は別当祐高卿に貞節を捧(ささ)げて守っている？」

「はい。我が夫のみです。あの方のために全てを捧げております」

あまり間を空けないように答えなければならない。いよいよ、夜の回数など語らなければならないのか。

逆に、肉を切らせて骨を断つということもある。無礼講なら白桃殿に何を言っても許される好機。彼女が望んだのだから少々耳に痛い話も甘んじて聞くべきだ。

「初めて男女の契りを交わしたのはいつ？」

「結婚の一日目です。わたくし、十六で遅うございましたから」

それを聞いて白桃殿や呉竹の連れの女房たちがくすくす笑ったが、心を空っぽにして考えないように努(つと)めた。

「まろは十三であった、痛かったなあ。祐長は実家で憶えてきたと言いおった。義父上の妾が好きもののあばずれで。義弟君も実家で鍛錬したのか？」

「存じません、聞いたことがありませんので」

「さよか。——近頃、夫の愛を見失っていると聞いたがなにゆえ？　何やら言う女房に手出ししたとか、遊女がどうとかきな臭いことを小耳に挟んだが」

「違います」

「ならば何が気に入らぬ。聞いてやろう。ぶちまけてしまえ。女しかおらぬのじゃ。あの堅物の義弟君は、主上から直々に皇女降嫁を断られるようなどんな欠陥が」

どんな反応が返ってくるかと思うと心が痛い。

「——す、祐高さまったらつい半年ほど前に色恋に目覚めるまで義務感でわたしと八年連れ添って三人も子をなして、それが子らに申しわけないって！　薄々思っていたけど、そういうことをわたしに言う⁉」

答えながら、恥ずかしさで声がひっくり返った。白桃殿への敬語も忘れた。後ろにいる桜花や葛城がどんな顔をしているのか、自分が何を言っているのか考えないよう早口でまくし立てた。

「祐高さまは本当にこの八年、わたしを飯炊(めした)き女か何かと思って。ご飯を食べさせて衣を着せて、こ、子作りもさせてくれる便利な女だと。それはそういう話だったし結婚はそういうものだけれど、義務感って。あの人、助平のくせに！　いつだってとても楽しそうだったくせに！　子をなすのは先祖への孝養、親孝行って、言いわけでしょう自分がしたかっただけのくせに！　何が義務感よ！　わたしが都合のいい女だから好きになったの⁉　子の母だから⁉　ふざけないで！　浮気しない浮気しないって恩着せがましい、よその女を口説くのが面倒なだけでしょう！　放っておいたら庭ばかり見てそれで満足で、人に言われて日々のお勤めをしているだけで息をするのも面倒なのよ、知ってるのよ、ものぐさ太郎！　来世は庭の松にでも生まれ変わるといいわ！　大きな図体でぼーっと突っ立ってるだけで皆褒めてくれるわ！」

　これはあえて多少みっともないことを暴露する座興だから、というのがそのうち吹っ飛んでいた。

「冗談で流すしかなかったけれどどうしてそんなことを言うの⁉　正直なのって何もよくないわよ！　それはそうよ、もともと義兄上さまがお決めになった縁談だものね！　実家にいて御曹司と呼ばれてたんじゃ義妹君に邪魔者扱いされるものね！　本気だったのはわたしだけだったんだわ！　どうしてあんな薄情者のために痛い思いをして三人も子を産んでしまったの！　毎回死にそうだったじゃないの！　血は出るし乳は腫れるし腰は痛いし下痢が増えたし身体が重くなって惨めなことばかり、子が夜泣きしてもあの人はうるさいとも思わずに寝ているし！　お父さまに疎まれても結婚なんかするんじゃなかった！　清い身のまま瑠璃宝寺に行って尼になって心静かに暮らしていればよかったのよ！　わたしの八年は何だったの、謝るくらいなら人生を返してよ！　わたしを十六の少女に戻して！　出来もしないのに無責任なこと言わないで！　どうしてわたしばっかり！」

いつの間にか涙もこぼれていた。鼻水も。

うつむくと、桜花が懐紙を差し出してくれていた。

それを顔に当てたらもう一言も言葉なんか出なかった。ぐずぐずと泣くばかりだった。

心底惨めだ。

子が三人、いたからどうだ。十年もすれば皆、忍を捨てて出ていってしまう。息子はいずれ聟にやり、娘は家に残るというが姫はお妃になって後宮に入ったきりになるかも。

子が恩を返してくれるなんて幻想だ。

これのどこが京で二番目に幸せな女だ。

――何か頭に触れたような気がした。手をやったが、何があるわけでもない。

顔を上げても目に入るのは天井の桃の絵。――心なしか、風が吹いて花が乱れている。

絵の中に風？

そうあってほしいと思うからだろうか。

永遠に散らない花など恐ろしいばかりだ。

ここは憂き世から隔(へだ)てられた女ばかりの桃源郷。

あるいは夫に去られた惨めな女だけ閉じ込めた冥府(めいふ)の坂道。日の光の射(さ)さない国。

どんなに子を産んでも、「あなただけ」とささやかれても、いつかは一人になって醜く朽ち果てる。

いっそ、浮気をしたら楽しいような人に生まれついていれば幸せだったのだろうか。いかがわしい薬で気晴らしできたらその方が。

賢く生きてもつらいことしかない。

しくしくと嗚咽(おえつ)のような音がしたが、女は皆、戸惑った顔で気まずそうに目配せをするばかりで共感して涙している人などいない。

「——義弟君は少し鈍いところがあると聞いたが北の方を飯炊き女呼ばわり？　女の役割はそういうものとはいえ面と向かって言うとは、忍の上にも意外な苦労があるのじゃな」

白桃殿は自分で無理に聞き出したくせに、言葉にためらいがある。どうやら彼女を驚かすのには成功した。忍自身もぼろぼろなだけで。

「あの祐長の弟なのじゃから人並みではないと思ってはいたが」

「うちの夫ときたら女遊びばかりですが、その方がましなのでしょうか」

「忍さまときたら御子を四人お持ちのようじゃ。いえ、忍さまも幼いのう。大姉さまが薬など飲ませるから泣いてしもうた。ひどいことをするのう、大姉さまは」

一番若い小夜がくすくす笑って手を打った。

「これへ」

何やら肉の匂いがする。

「大姉さま、庖丁人(ほうちょうにん)を借りましたよ。忍さまはやや子に乳をやっておるから、蓮根などでは足りぬでしょう。猪の羹を召しませ。醤と生姜で煮てありまする」

今度は羹か。煮込んだ肉の鉢と匙を衝重に載せて差し出された。

「やや子に乳をやりながらお腹に四人目を抱えて、血の気が足りぬでお困りでしょう」

まだ四人目を授かってはいないが、反論するのもだるい。鼻がつまっている。

「羹は本来、羊なる獣の肉で作るとか。唐土の獣で日の本にはおらぬ。誰も見たことがないから絵にも描けないで、とりあえず猪で代用するしかありませぬが」

「小夜は生臭が好きじゃな」

「大姉さまが近頃、菜ばかりお召しなだけで以前はよう食べておられたじゃろうが。同物同治、己の身体の具合の悪いところと同じところを食べて病を治す。目が悪ければ魚の目玉を食べると前はおっしゃっていた。歳を取って肉の脂はきついのですか？　忍さまは胸の肉を食べるとよろしかろう。まろはこちらをいただこう」

小夜は匙を取って羹をすすった。忍はそれどころではないが、わざわざ断るのが面倒だ。勢いよく泣いたせいで気怠い。

忍が匙を口に運ぶのを、小夜はじっと見ていた。何だか筋っぽい肉だ。猪と言うが、こんな味だろうか？　また砂を嚙んでうんざりした。

「これまで大姉さまの勧めでよういろんなものを食べました。酪に醍醐、孕んだ鱶、牛馬の肉、犬の仔、猿の胞衣。美味いのはよかったが不味いものも多くて難儀した」

——ぞっとするようなことを。牛の乳は固めたりして滋養の薬になると聞くが、犬の仔

「一番ひどかったのはいもりの黒焼きでございましたが。身体が痺れて動かなくなって、死ぬるかと思いました」

「――小夜、黒焼きが効くのは守宮じゃ。家の壁などにおる」

「あら、そうでした？　どのみちどれも効きませんでした、太るばかりで。夫君はまろが授からぬと言うて近頃顔も見せなくなって。通ってくれなければ授からぬのは当たり前ではないか。仕方がないので他の男の種も試した。乳母子に雑色、目に入る男なら誰でも」

何を言っているのだ、この人は。

「ゆうべは大雛童子さまを試したかったが、呉竹さまが二形は子ができないとおっしゃるからそちらに譲って、薬師の方を試しました。授かるとよいのじゃが」

「小夜よ。無礼講は忍の上だけじゃ。ぬしはそうではない」

「なぜですか。忍さまは賢いからですか」

白桃殿の声は低まったが、小夜はますます声が明るくなった。気持ちが悪い。

「忍さまは賢くて夫に尽くして三人も御子があって、子が出来すぎて困っていて、かの衛門督朝宣さまのお誘いをはねつけて。まろのところにはおいでにならなかったのに。大姉さまも忍さまが大好きで。臣下風情の妻ではないか！　大姉さまは祐長など愛しておらぬとおっしゃったのにあれの子を三人も産んで、その弟の妻如きをちやほやして。まろには犬の仔を食えとおっしゃったのに忍さまの前ではいい格好をして。この女が何じゃ」

小夜は嘘をつけない薬を飲んでいないのに。彼女も堰を切ったように喋り出した。

「主上の妃が駄目ならせめてどなたか宮さまの妃にしてくれとお父さまにお願いしたのに、あんなにお願いしたのに。大姉さまのような臣下風情の妻は嫌じゃ。皇子さまの妻ならばいつか帝位が回ってきて女御更衣になれると思えたのに。きっと貴いお方の種なら早く子ができたのに。臣下風情の妻になったせいでもっと卑しい男に身を任せる羽目になって。中の姉さまに何ぞあれば今頃まろこそ弘徽殿女御と褒めそやされておった！　大姉さまは年増の分際で偉そうなのじゃ。じゃがそれも今日までよ」

「今日までとは――小夜、何をした？」

妹の豹変ぶりに、白桃殿も青ざめているようだった。

「亀を殺して喰らえば後世の障りになると申したな。まろは犬や猿も喰らったのじゃからとうに後世は障っておる。忍さまには後世と言わず、今すぐ生き地獄に落ちてもらおう」

急に不安になって忍はしみじみと鉢の汁を見た。薄茶色の肉。ぶつぶつと毛の生えていた皮のようなものもついている。

小さな骨。これはどこの何だ？

「西の対で今頃乳母は比名湯を喰らってひっくり返っておる。薬師に命じて二郎君を攫わせた。忍さまには胸の肉、まろには魔羅の部分を出せとよく言って聞かせた。大姉さまと呉竹さまにはどこが当たったじゃろうなあ。人肉を喰らった罪で皆で揃って楽しい来世を過ごせそうじゃ――」

一瞬。

何も見えず、聞こえなくなった。

気がついたら桜花と葛城が忍の顔を覗き込んでいた。

「お気を確かに、忍さま」

二人がかりで忍の背中を支えてくれているらしい。

息ができない。

「そう御案じめさるな忍さま。すぐにまた二郎君とは再会できる」

小夜がまだたわごとをほざいている。

「まろの腹の中でまろの子として生まれ変わるゆえ。かわいいやや子であろうなあ。忍さまもまた産めばいいのじゃ。慣れておるじゃろ。二郎君が三郎君になるだけじゃ」

彼女が嘲笑ったとき。

大きな音がした。誰かひっくり返ったのかと思った。

女房は皆、口を押さえてうつむいている。呉竹は身体を縮こめ、檜扇に隠れるようだった。白桃殿は脇息から身を乗り出して半ば立ちかけていた。

「よ、慶子、ぬしが人道に背いたゆえ天が怒っておる。見よ」

白桃殿が天井を指した。

格子の間に咲いた桃の花の絵板に、亀裂が入っていた――

「大姉さまは天の怒りが怖いか！　坊主が怖くないだけで天は怖いとおっしゃる！　いい気味じゃ！　はてこれが天の怒りか。板一枚割れただけじゃ。大きな鼠が転んだだけではï？　まこと天罰ならば雷でも落ちればいいのじゃ！」

小夜は声高に罵った。

本物の仏敵がここにいた。

忍は腰が抜けてしまった。

どこかで二郎が泣いているような気がする。——まさか腹の中で？

ぞっとして思わず耳を塞いだ。

耳を塞ぐと二郎の泣き声が聞こえなくなった。手の指の筋が震えてごうごう鳴る。どくどく血の流れる音もする。かえって怖い。

——ふと、耳を塞ぐのをやめた。

やや子の泣き声が聞こえる。

幻や死霊の声ならば、耳を塞いだら消えるというのはおかしくないだろうか。

忍が現実を認めたくないのだろうか。

近づいてくるような気さえする。

ばん、と誰かが妻戸を開けた。やや子の泣き声がはっきりと響いた。

御簾の向こうに影が動いた。

「貴女の皆さまがた、見苦しいなりで失礼いたします！　ぼくは陰陽寮の学生、安倍太郎千枝松泰隆と申します。本来ならば高貴の女性の御前、弁えるべきでありますが火急のときゆえ、ごめんこうむりたく！」

そうしてあろうことか御簾をめくって、千枝松が入ってきた——

見苦しいと言えば確かに見苦しい。髪は童女の格好のときのまま後ろで結わえて顔に化粧が残っている。白の単衣は下着だろうか。下は短い浅葱の袴、裾をくくっていないからこれも下着だ。着替えの途中としか思えない無礼千万な格好。

その腕に何か大きなものを抱いている——

「はい」

ぎゃあぎゃあと泣き喚くやや子が、忍の腕の中に手渡された。疳の虫でも出たのか顔を真っ赤にして、それはもう産着の中でもがいて。手も足もあるようだ。

忍は呆気に取られたが、二郎を取り落とすわけにはいかない。葛城と桜花と三人がかりで、誰が誰を支えているのやら。

二郎が無造作に鬢の毛を引っ張る。痛い。頭の皮が剝がれそう。

この親不孝者、誰のおかげでこの世に産まれてこられたと思って。泣いているのは襁褓が濡れているせいなのか、うっすら小便臭いような。

なぜかちょっと懐かしい。

こちらの方が現実だ。

忍はほおを寄せた。やや子の肌は大人より温かい。多分、泣き喚いているから余計に。

これが現実。

「失礼いたしました！　二郎さまがひどく泣いておられるので、女房を介していては間に合わないかと！　なるべく目を伏せて皆さまの御麗姿を見ないようにはいたしました！　それでも無礼は無礼、白桃殿の上さまが罰するとおっしゃるなら甘んじて受けます！」

二郎を手渡すと千枝松は御簾の外に出て、今更、板敷に額を擦りつけてひれ伏した。

「どういうことじゃ。あのややはまことに忍の上の二郎君なのか」

白桃殿は本来、御簾の外の千枝松には女房を介して答えなければならないのに、この混乱でどうでもよくなったのかじかに声を聞かせてしまっている。

「はい、薬師の富士がやや子を抱いて悪だくみをしていたので、二見——大雛童子殿ととっちめて取り上げてまいりました。この邸に絹の産着を着ているやや子など二郎さましかおりません。人の心を失っている者はそうはおりませんでした。それだけの話です」

「羹は。羹は何の肉じゃ」

「鶏です。これはこれで罰当たりですがただの下手物です。まじないで何とかします」

「そ、そうか」

それで白桃殿もほっと息をついた。

「ええと安倍某とやら。許すぞ。二郎君の窮地を救ったゆえ無礼は不問に処す。泣く子を急いで母のもとに返すのは人の道である。心の狭いことを言うまい。むしろよくやった、褒めてつかわす」

「寛大なおはからい、感謝いたします！」

「そんな」

今度は小夜が腰を抜かす番だった。脇息にもたれ、そのままべたりとくずおれた。

「やや子の手をひねることもできないのか、下男めが」

「慶子、来客の前でまろに恥をかかせた。憶えておれよ」

「畏れながら、妹君の不徳は姉君の不徳ゆえではないでしょうか。全てあらゆる禍事はこの邸に邪気が溜まっているためです」

千枝松が白桃殿に冷や水を浴びせた。

「邪気、であると？」

「元々、ここが淫祠邪教の巣窟であるゆえに御亀さまなどの力に頼る羽目になったのです。色こそめでたいがあの亀の甲羅の歪み、あれは邪なるものが寄越した証ですよ。大将令室ともあろう高貴の女人が怪しげなまじない師に頼り、御仏の教えを貶めるがそもそものあやまち。二見も身のほどを超えた仕事をさせられて泣き言を言っておりますよ。もうやめたいと。学生風情とはいえ陰陽寮の者が見すごすわけにはまいりません」

――何だかいつもの千枝松の大言壮語と少し違う。彼は昼頃は白桃殿に声を聞かれて怯えていたのに。今はまだ懲りている時間帯では。

「陰陽寮じゃと。小童の分際でまろに意見するか」

「ぼくのような半人前が意見などとんでもない。ぼくが唯一使えるまじないをさしあげます。それで御目を醒ましていただきたい」

彼がすごいまじないをやってみせても白桃殿は目を醒まさないのでは？　ゆうべ言っていたことと違う。忍はとりあえず二郎の下唇の裏のほくろを確かめつつ、泣き止ませようと乳をやってみるので精一杯で口を挟む余地もない。

「何やら大層じゃな。ぬしが唯一使えるまじないとは？」

「生き霊を呼びます。今、まさに女四の宮さまと御婚儀の最中の大将祐長さまから生き霊を抜いてこの場にお呼び申し上げ、白桃殿さまを叱っていただく」

「は」

白桃殿は力の抜けた顔で笑った。最初は息だけで、やがて耳障り(みみざわり)な声を上げて。ひとしきり笑うと呆れたように目を覆った。

「祐長の生き霊を抜く！　正気か、ぬしは。いや正気ではないな。乱心も極まれり、か」

「安倍の陰陽師ならできます」

千枝松は強気だ。――いや、少しやけくそじみている。

「しかもまろを叱責させる、あの惰弱な男に？　世間では頭がよく見えているらしいが、笑ってごまかして喧嘩から逃げるばかりの腑抜けよ。あれがまろに説教となあ」

白桃殿の方は猫撫で声になっていた。彼の頭すら撫でてやりかねない。

「別当殿の二郎君、無垢(むく)なる乳飲み子を殺めれば罪じゃが、ぬしは違う。しくじれば首をひねってそれこそ釜で煮込んで大路の犬の餌にするぞ、まじない師如きが。小僧に見えてもう妻の一人二人いる歳であろう。二郎君を救った手柄と痴れ者のなりに免じてたわごとを一度は許そう。この白桃殿を侮っていたと詫びるなら今ぞ」

――違う。

彼女は忍のようなうっかりではなく、御簾越しに男に声を聞かせるなど当たり前なのだ。女房伝いでこの脅し文句は功を奏さない。軽やかに言っているが本当に下人などに命じてこの場で千枝松の首をへし折りそうだ。ここは大将閣下の邸の中、千枝松の学生の身分などないに等しい。何をされても文句は言えない。

千枝松はきっと顔を上げた。

「安倍太郎千枝松泰隆は独身です！　一生女の色香になど惑わされるものか！」

躍起になって反論するのはそこなのか。

彼はすっくと立つと足を肩幅に開き、一度柏手を打った。手を打ち合わせるだけなのに何か破裂させたような大きな音が鳴った。白桃殿に追従してくすくす笑っていた女房たちがそれで静まり返った。

「のお――まあ――くう――さあん――まあん――だあ――ばあ――ざあ――らあ――だあん――かあん――」

普段は早口だが、呪文を唱えるときは急に聞き取れるかどうかも怪しいほどゆっくりになった。独特の抑揚がついて声も低くなって。よく息が続くものだ。盥に水を張って顔を浸けて特訓したりするのだろうか。これだけ鍛えていれば、鍛えていないまじない師にものを聞くのはさぞいらいらしたことだろう。

呪文を唱え終わると腰を落として膝に手をつき、床を踏み鳴らした——小柄なのに耳が痛いほどの、柱を引き倒しそうなとんでもない音を立てる。足に鉛のおもりでも仕込んでいるのか。あんまり音が大きいので小夜や呉竹もびくりとした。

「出でませ、我が君。刻限です。我が声が聞こえますか。千枝松のまじないはそろそろ終いです。お支度(したく)を!」

御簾を隔ててよく見えないが、腕も大きく振って身体をくねらせているようだ。まじないはほとんど見たことがないが、神憑(かみがか)りというのか。高僧が御修法(みしほ)をすると物の怪に憑かれた憑坐童(よりましわらわ)が暴れ出すという話だが、彼は自分のまじないでその身に何かを呼び込んでいるのか——

「氏神よ、力をお貸しあれ! 畏れながら安倍太郎千枝松泰隆がお呼び奉る、大将祐長さまの御霊よ、ここへ!」

千枝松が一際(ひときわ)声を張り上げたとき、彼の横にあった灯台の炎がぼっと青く輝いた。

白桃殿の女房たちが悲鳴を上げてざわめいた。

「ひっ」

「お、鬼火が」

呉竹は白桃殿にしがみついた。

千枝松はぴたりと足を止め、背筋を伸ばして手を打ち、深々と一礼しながら唱える。

「大将さま、おいでならばお声をお聞かせください！　千枝松にお答えください！」

唱えるというか、ほとんど金切り声で自暴自棄で叫んでいるようだった。

〝――わたしか。わたしが答えればいいのか〟

そして、男の声が答えた。

急に低い声がして女房たちがどよめく。千枝松はかまわずにやり取りしている。

「はい、無礼な術を仕掛けてすみません！」

〝許す。まさかこんなことができるとはな〟

何だか響いて聞こえる不思議な声だが、千枝松の作り声ではない。二人の声が少しかぶった。御簾の向こうから聞こえるのではない。もっと近い。

〝不思議だ。夢の中にいるようだ。この身は女四の宮さまのもとにいるのに、霊魂だけが抜けて白桃殿にいるとはな〟

「――どこじゃ！」

――本当にこれは大将祐長の声なのか？　耳を澄まそうとしたが、その前に白桃殿が呉竹を突き飛ばして立ち上がった。

彼女はすぐ後ろの几帳を倒した。女房たちが悲鳴を上げた。

「ぬしら、どこに男を隠している！　声の似た男を隠して喋らせているのじゃろう！　不届き者め、八つ裂きにして市に晒してくれる！」

白桃殿は大声で喚いて次々、几帳や衝立を倒してゆく。迂闊なことをして火事にならないかとはらはらする。灯台が倒れたら布や紙の仕切りに燃え移る――

〝やめなさい、やめなさい白桃殿。わたしはそんなところにいない。西洞院の御息所さまのお邸で、露顕の宴の最中だ。ここにいるのは生き霊だけだ〟

「うるさい、ぬしの声など聞きとうない！」

〝聞きなさい。やめなさい。やや子がいるのに〟

「黙りや！」

ついに白桃殿は螺鈿の脇息を摑むと、御簾に向かって投げつけた。それは御簾を突き抜けた。――千枝松に当たったら怪我をすると思ったが、彼は避けたようだ。白桃殿さまは怒ると脇息を投げると噂だったが目の当たりにしてしまった。

〝やめなさい、話を聞きなさい〟

「ぬしの話など聞きとうないわ！　十四の女四の宮を孕ませるのに何年かけた！　三十二の御息所も口説き落としたか！　ぬしは幼い初物が好きじゃが政治のためとか言ってしっかり楽しんでおるのじゃろう！　今更まろに説教など、偉くなったな祐長！」

羹の鉢を載せたまま衝重も宙を舞って、こちらは御簾にぶつかって落ちた。羹には生姜の他に大蒜も入っているのか臭いが立ち上った。

「臆病者！　まろが怖いか、逃げ隠れせず出てまいれ！　今日こそ殺してやる！　ぬしが本物でも贋物でも殺してやるぞ！」

〝落ち着いて話を聞けと言うに。何だ、客の前でみっともない〟

「みっともないのはぬしの趣味じゃ！　策じゃ何じゃと言いわけするが、趣味じゃろうが！　ぬしこそ穢らわしい助平め！　霊（たま）が抜けているなら丁度よい、そのまま死ね！」

〝夫に向かって死ねとは何だ〟

「今更何が夫じゃ臣下風情が、皇女殿下とよろしくやっていればよい！　女四の宮も災難じゃな。皇女殿下ともあろうお方が臣下風情に降されて、おいたわしや！」

〝すまない、後悔している、許してくれ〟

「猿楽は地獄でほざけ！」

〝このように霊がさまよい出て初めてわかったのだ、女四の宮は幼い。そなたでなければ駄目だったのだ――〟

「聞きとうない！」

〝ちい姫のために寺を建てて――〟

「黙りや！」

白桃殿は喚き、床を踏んだが何が違うのか千枝松の三分の一も響かない。あのまじないは足音自体が陰陽師の霊験なのか？

大きな音を立てなくても、髪を振り乱して妙な格好をしなくても千枝松より白桃殿の方が正気でなかった。

几帳や衝立や衣裳に灯台の火が燃え移ったら、布と紙と木でできた一町四方の白桃殿邸はあっという間に灰燼に帰する。大将閣下の米倉と自身の小さな子二人と養子と、大勢の下人どもを巻き込んで。火は高貴の方だけ避けてくれたりしない。どこの家も同じだ。

火事の怖さに比べたらまじないや霊なんて全然怖くない。男の声がしたから何だ。

今の白桃殿ときたら、長い髪が逆立たないのが不思議だ。人は己を見失うほど怒り狂っても目が光ったりしないのだ。

物の怪のようなものとはいえ夫が話しているのにこんなに口答えして、あまつさえ脇息や鉢を投げるなんて。鬼だ。角が生えていなくても。

忍は前に鬼を——恐ろしげな鬼の扮装をした人を見たが、白桃殿は貴女の姿のまま、火を吐く蛇に変じていた。瞋恚の炎で己を焼き、他人を焼く。

陰陽師のまじないで本性を現した。

これほど憤った人を見るのは生まれて初めてだ。父も祐高も機嫌を悪くしても声を低める程度だったし、桔梗だって忍を叱るのに喚いたりはしない。太郎が暴れて床を転がることはあるが乳母がどこかに連れていって何とかする。

白桃殿の邸で、女主人が暴れたからと言って武士が取り押さえたりするまい。これが別当邸なら桔梗が——白桃殿の乳母は何をしているのか。主を叱ったり諭したりするべき少弐の君はどこに？

忍は必死で縮こまって、白桃殿の目に留まるまいとしていた。桜花や葛城のためにももっと隅っこに逃げたいが、二郎が乳に吸いついてそれ以上動けない。この子は大物だ。こんなに近くにいるのに母が怯えているのが伝わらないのだろうか。乳が止まったりしないこの身が呪わしい。どこが忍の一部なのか。

小夜は一人、脇息にもたれてため息をついていた。おろおろする呉竹や女房を横目に、馬鹿馬鹿しそうに。

「何じゃ、大姉さま、御仏の教えや常識など捨てるとか御大層なお題目を唱えておったのに、臣下の男に口説かれたらそちらに帰ってしまうのか」

「違う！　まろはもうこんな男を待って暮らすのは嫌なのじゃ！」

平然と白桃殿の神経を逆撫でする発言を。妹は姉が癇癪(かんしゃく)を起こすのに慣れている？

〝明子――〟

「諱を呼ぶな！」

また鉢が舞った。羹が飛び散って床はもう水浸しだ。

それにしてもこの声の男はぼーっとして頼りない。今更、ごめんで済んだら検非違使も弾正台もいらない。こうなったら太刀を抜かないまでも兵仗(ひょうじょう)など使って白桃殿を取り押さえないと。さっきから言ってはいけないことばかり。

どうして千枝松は大将祐長の生き霊を呼ぶなんて言い出してしまったのか。これなら権中納言を呼んで小夜を叱ってもらった方がまだましだった。話の流れではそうだった。

貴族の男なら誰でもいいだろうが。まじないは相手の顔や名前や住んでいるところがわかっていればかけられるのではないか。もっと千枝松の方で何を喋ってくれ、御仏の話題は避けてくれと指定することはできなかったのか。どうして大将祐長が白桃殿を叱るなんて話になった――

あるいは。

それを決めたのは千枝松ではない？

忍は愕然（がくぜん）とした。

千枝松は大将祐長の生き霊を呼んだだけで、他のことは何もできない？

そして〝大将祐長の生き霊〟とやらも、白桃殿に優しい言葉をかけるくらいしか思いつかない――

何てことだ。

仕組まれた奇跡がこんなに噛み合わないなんて。

「忍さま、これは」

桜花が肩を揺すった。彼女は上を見ている。

「あの人の仕掛けでしょうか」

「今わかったわ。大失敗ね。いえ、成功してるの？」

「白桃殿さまをなだめてさしあげなければ」

「わ、わたしが行く」

少し声がうわずった。怖すぎてなぜか半笑いだった。白桃殿と戦うというのは口喧嘩で、取っ組み合いをする覚悟などまるでなかった。忍は四歳の子と戦って負けはしないが、十歳以上なら負けるかもしれなかった。

「忍さま、大丈夫なのですか」

「大丈夫なわけないけど、どうやら我が不徳らしいから責任を取るしかないじゃないの」

忍は全然望んでいなかったがそういうことになっていたらしかった。

それに桜花が何か言ったところで、白桃殿は聞くまい。格下の女の話など。

「二郎君を預かりますか」

「いえ、この子にも手伝ってもらうわ。この子のせいで逃げそびれたし、こちらに嚢が飛んでこないところを見るとやや子に無体しない理性は残っているようだし。盾にしましょう。囮？」

「盾って」

「まあ子なんてそんなものよ。親孝行してもらわないと」

二郎がやっと口を離したので、背中を撫でてげっぷさせてやる。

かわいらしく、けぷっと音が鳴った。それが合図。

忍は乳をしまって子を抱えたまま膝で立った。腰が抜けたと思ったが意外と身体は動いた。ゆるりと、淑女らしく。床が汁まみれで膝行りづらかった。

「白桃殿さま」

大きく凜とした声で呼びかけた、つもりだ。

「畏れながらちい姫さまの霊も呼べない半人前と、半人前に頼らねば夫婦喧嘩一つできない屁垂れなど放っておけばよろしいではないですか」

〝へ、屁垂れとは何と――〟

「お黙りなさい無礼者」

生き霊の方にはぴしゃりと言ってやる。

「本当に大将祐長さまであったとして、痴れ者のまじない師に呼ばれて血肉もない浅ましい姿でのこのこおいでになってお方さまに声をかけるなんて無精で失礼です。親しき仲にも礼儀あり、長年の仲に甘えて御令室を訪うのに作法を守らないのは論外です。ましてやここにはよその妻女もおります。こんな非常識な方法で男君が御簾の中に入ったとわたくしの夫が知ったら何と思うか！　まじないだから何でも許されるなんてお考えにならないで、早く帰って！」

こんなところか。

本番は白桃殿だ。

白桃殿は振り返っていた。散々暴れて息が切れ、化粧が汗で滲んでいた。髪の毛ももつれて衣も羹の汁で汚れて。

手に、支えのついた木の棒を握っている。鏡がないが鏡台だ。こんなもので大の男を殴り殺そうと？

「白桃殿さま、あなたさまの損だからおやめなさい。姿も見せない卑怯者の男相手に暴れても疲れるだけですよ。――高貴の淑女ともあろうお方が何です、駄々っ子のように。

皆、怯えているではないですか」

　忍は桔梗が叱るときの口ぶりを真似した。

　御簾の中はひどいありさまだった。

　呉竹と女房たちは身を寄せ合って、白桃殿の側仕えたちは衝立を焦がした灯台の火が燃え移らないよう羹の汁をかけて衣で叩いて必死だった。

「こんな方に子を預けるなどできません。あなたさまは賢くて立派なお志をお持ちだが〝仁徳〟がない。御自分は誇り高い、それは結構。御妹姫さまの誇りすら尊重せず、怒りに任せて分別を失い、あまつさえ人にものを投げるなど。あなたさまに他人の子を預かる資格はありません。学問所の大望、あなたさまの器に釣り合いません、お諦めなさい。御寺や仏法が間違っていたとして、あなたさまの方がましとも思えません。瑠璃宝寺がひどいところとも思えません、世の中に必要なものであなたさまにわからない徳があるのです。目新しいまじないなどで人目を引いても仁徳は得られませんよ」

　白桃殿の手から鏡台がぽとりと落ちた。

　彼女は言い返しもせず、へたりと座り込んだ。見た目よりぼろぼろだった。こんな惨い仕打ちを受けて。

　彼女の心をへし折るつもりだったがこんなのはやりすぎだ。

　忍は彼女に二郎を差し出す。まだ忍の鬢の毛を握っている二郎を。

「白桃殿さま、ひどい目に遭いすぎて現実から目を背けていらっしゃるのです。御寺と争うなど心が乱れていらっしゃるのです。人を傷つけるのは恐ろしいことですよ。まだおつらいのに無理をして立派なものになろうとなさらないで。わたしたちの現実はこれです」

白桃殿はおずおずと二郎を受け取った——忍は髪を摑まれたままなので引っ張られて痛いが、我慢して笑む。

「あなたさまはあなたさまの現実に帰らないと。鯉寿丸君と鮎若君と小鮒君、まずは三人を見守ってさしあげて。小鮒君の将来が楽しみなのはそうです。三人でも大変なのですよ。仁徳はそこにしかありません。いつかわたしを悔しがらせて。〝やっぱり太郎を白桃殿さまに預けておけばよかった〟と」

白桃殿は答えなかった。ぼそりとつぶやいたのは小夜だった。

「まろも現実に帰りたい」

「いくら何でもそこまで親切にはなれないわ」

忍は呆れた。

「——うちの姉さま、そちらのお家の宰相中将さまと離縁して兵部卿宮(ひょうぶきょうのみや)さまの妻になったけれど。あなたも再婚に賭けたら？　いちいち人喰い鬼になってられないわよ」

言ってやったら、不貞腐(ふてくさ)れていた小夜の目に光が戻った。真に受けるやつがあるか。

——でもわたしたちは目先の幸せを信じて生きていくしかない。子は死ぬかもしれないし家は燃えるかもしれない、なんて考えて生きてはいけない。

泣いていては生きていけない。

「何が親切じゃ、惨めなだけじゃ」

白桃殿が泣き声交じりに吐き捨てた。ぶるぶる震えていたが、二郎を取り落としたりはしなかった。

「偉そうにしておるが、忍の上は運がよかっただけじゃ。賢かったから、正しかったからではない」

「そうです、わかっています」

口ではそう言ったものの、これは負け惜しみだ。

——運なんかちっともよくないですよ。

まだこの後に誰よりもみっともない後始末が残っております。この身の不徳ゆえに。

あなたほど賢くも正しくもなかったせいで。

この邸の桃に実がなっていないせいで。

子を何人も抱えて、もはや美しくもない身を引きずって桃の花咲く林を抜けて黄泉路の坂を駆け上がり、思い上がった不実な夫を罰しなければなりません。

皆さまにわたしの不幸がわかりますか？

この京で男の不実とは浮気が多いことなどではないのです。

9

母屋はどこもかしこも撒き散らした虀の臭いがたまらない。白桃殿と小夜は昨日は北の対の母屋で休んでいたが、今晩は寝殿に移ることになった。皆、髪にまで汁が染みついて明日は一日中洗わなければならないだろう。

掃除の前に、千枝松が人払いをした。

「元に戻すまじないをしなければ、大将さまの生き霊が帰れないので」

彼は脇息が御簾の外に飛んできたのを避けた後は物陰に隠れて思いつく限りの呪文を唱えて、生きた心地もしなかったと言う。

虀の汁を浴びなかった忍と桜花と葛城の三人だけ残っていた。二郎も併せれば四人。

千枝松は六尺ほどの長い棒を持っていた——多分その辺にあったものだ。朝に女房が格子や蔀戸を跳ね上げて開けるのに使う。

彼は母屋の隅でそれを真上に掲げて天井板を突いた。

風に吹かれて散りそうだった桃の花がいよいよ闇の中に散った——正確には、格子から上に外れて絵が見えなくなった。細い棒で突いただけで。

板を何枚か外してから彼は少し脇に避けて、上に呼びかける。

「別当さま、お降りになって大丈夫です。あ、格子は蹴って落としてください」

途端、天井の格子の一部が十字に組まれたまま丸ごと落ちてきた。さっきまで千枝松が立っていたところだ。

次に、天井に空いた四角い穴から輪になった縄がぷらんと床に垂れた。

それを伝ってするすると祐高が降りてくる。——葛城だけこのまじないの仕組みを知らなかったらしく、彼女は尻餅をついた。

「ど、と、殿さまが、どういうことです⁉」

「大将祐長さまのお身体はここにない、声だけの生き霊だったのです。これにてぼくのお役目は終わり。——言っておきますがぼくが考えたんじゃないですよ。ぼくも被害者です。白桃殿さまに脇息で殴り殺されるところだった。何て女だ、あれは鬼だ。絶対に女と結婚などするものか」

千枝松は苦々しげに吐き捨てた。横で見ていただけでもあんなに怖かったのだから、狙われた彼の恐怖はいかばかりか——それはわかるが女が皆、鬼だとまとめないでほしい。

「いや、あの、その、うん。考えたのはわたしなのだ」

気まずそうに肩を落としている祐高はいつもと全然違う格好だった。

まず、烏帽子が短い——身分が高ければ高いほど長くて繊細な薄絹を漆で固めたものを使うのに、今日のこれは紙だろうか。首に巻いた布はもとは口許(くちもと)を覆っていたのか。狩衣も随分貧相で汚れていた。両手は弓懸(ゆがけ)だか何だか、いかつい革の手袋。左右で揃いではないらしく大きさが違う。

「上に登るのは大変なので梯子だったが、降りる分には縄でいいだろうと」

「上って……」

「どうも隠れて女の会話を聞くのがくせになったらしいわね」

首謀者のくせに一人、絶対に脇息も羹の鉢も届かないところに潜んでいたとは。

しかも丁度忍の真上にいたらしく、食膳（しょくぜん）にやたらと砂埃を落とした。忍が泣き出したときにも綿埃（わたぼこり）を落とした、のだろう。

「何をどうして白桃殿の天井裏に潜むなんて考えに至ったの？」

忍がきつめに問うと、祐高は訥々（とつとつ）と事情を語った——

＊＊＊

有り体（ありてい）に言って、彼は天文博士が手に入れた新たな霊験に目がくらんだ。この件は忍に一任したのに、それでは足りないと思った。

「姿を隠し、夢のように声だけを相手に伝えることはできないだろうか」

それはいかにもいい考えのような気がした。そのときは。

「要は、兄上のふりをしたいのだ。白桃殿さまの淫祠邪教とは兄上にかまってほしいがためのごっこ遊びなのではないか。本気でお信じになっているとは思えん。女四の宮さまとの婚儀を取りやめ、戻ってきてほしいあまりなりふりかまわずたわごとを」

別当祐高が想像する白桃殿は子を亡くして夫の愛を失って広大な邸の中で膝を抱えてめそめそ泣いている憐れな女だった。十二、三の頃はきんきん声で怒鳴（どな）りつけてきたが、あれから十年以上経ったのだからしとやかな貴女になっているのだろうと。

「しかし兄上は白桃殿さまのお気持ちには応えないだろう。今更お心替わりなどありえない。——わたしが兄上の声色を使って優しい言葉をかけて、それで八方丸く収まるというようなことはできないだろうか。小さなすれ違いが破局のもとになると言うが、逆に言葉一つで傷ついた心を癒すきっかけにできないか。人が助かるなら何でもいいだろう。兄の妻だから、わたしは弟だからと横で手をこまねいていていいのか。よくない。言いたいことを我慢したくない。妻や恋人でなければ助けてはならないという世の中もおかしい。わたしは兄上に負い目があるのもこの機に清算したい」

「なるほど、流石別当さま」

安倍泰躬が白桃殿をどのように認識していたかはわからないが、彼は祐高の案にうなずいた。何せ霊峰帰りで心が憂き世を離れていたので。あるいは、まじないでちい姫を救えなかった負い目があったのか。

「声と顔は似ているが、何せわたしは背丈が大きすぎるだろう？　これだけは兄上のようにはならん、足を切って詰めるわけにいかないし。わたしの姿さえ隠れれば襖障子越しに話すなどでもいいのだが、襖障子は開けられたらお終いだ。夫婦なのになぜ逃げる、姿を見せないのか薄情者、となったら言いわけできないし」

「そうですね、絶対に開けられない戸」

天文博士は少し考えてから答えた。

「白桃殿邸にはあるではないですか。名高い天井画。天井に登れば姿は隠れて、上からお声だけ聞かせることができます。そもそも上にいることがばれなければ降りてこいとはなりません。確かあれは母屋の御簾の上ですから、昼間に入り込んで夜まで待たねばなりませんが。梯子で天井に登っていただきます」

「天井から声が聞こえるということは鬼か、生き霊か」

「術師をこちらで用意しましょう。丁度、うちの千枝松があちらにいる。大将祐長さまの生き霊を抜くのです。千枝松は若輩（じゃくはい）ですが、術師というのは幼かったり年寄りだったりすると説得力が出るものです」

男が化けて出るというのは物語と逆で面白いような気がした。

「わたしが梯子を持って白桃殿邸に乗り込むなどできるのか。兄上のお邸なのだからわたしの顔は皆に知られている。我が家の隅に潜むのとはわけが違うが」

「そこでこの京で一番と名高い星見、天文博士のあらたかな霊験の出番です。生き霊を呼ぶよりずっと難しい術をお見せしましょう」

普通ならそんなことはできない、で終わる。

うっかり、そこにはありえない男がいた。安倍晴明の末裔で役小角の最新の弟子で、京で一番のまじない師、天文博士安倍泰躬。

大峯奥駈で新たな神通力（じんずうりき）を得て、生きながら天狗に片足を突っ込んだ男が――

彼は祐高に目立たない身なりをさせた上、墨染めの僧衣を頭からかぶせて顔を隠し網代車に乗せ、自分は馬で白桃殿邸の裏門を訪ねた。

「陰陽寮の天文博士でございます。家司の摂津守さまはいらっしゃいますか。いない？　なら白桃殿さまの御乳母、少弐さまは。急ぎ、お伝えしたい儀がございます。内密に」

公卿の家の者には顔が利く。

白桃殿邸の主で土地の権利書など持っているのは女主人の白桃殿。大将祐長は白桃殿の夫で、彼女の主ではあるが半分来客であまり邸にいない。

公卿の邸の管理運営者は男の家司だが、この日は主の婚儀の日であちこち挨拶回りなどしていた。

下人も含めれば百人以上も人が住んでいる邸の中であれやこれや膨大な家事を切り盛りしているのは女主人の乳母——男にはわからないことで、わざわざ白桃殿の判断を仰がなくてもやらなければならない瑣末なことが数限りなくあり——

別当邸の桔梗はまず天文博士本人の声と言動で彼が本物かどうか慎重に鑑定しなければならなかったが、彼女が頑張って洗い清めたおかげで白桃殿の乳母の少弐は一目で安倍泰躬とわかった。以前よりやつれた柳のような男がしかつめらしく目を細めているのを見て取ると、五十近い乳母は焦った。

「お、陰陽師殿。急ぎの用とは何ですか」

何せ、普通の日ではないのだ。ここ数ヵ月、生きているか死んでいるかも定かでなかった天文博士が。

　泰躬は深刻な顔のまま早口で言った。

「こみ入った事情がございます。北の対の天井に登らせてください。こちらから客星（かくせい）を確かめなければなりません」

「客星ですと？」

「このままでは客星が大将軍の方位を犯します」

「大将軍⁉」

　京の者なら大将軍が重要な星の神であることはわかるが、数十年に一度、不意に現れる客星は恐ろしいものだとしか知らない。

「詳しくは言えませんが大将さまの御身に危険があります。もっと畏れ多い方々にも仇なすかも。内密に」

「だ、大将軍の星はやはり名前からして大将さまの御身にかかわるのですか」

「詳しくは言えません、この件は天文密奏（てんもんみっそう）をさしあげます。民草に知らせないのは勿論、上つ方の皆さまにもお伝えすることはできません」

「密奏……」

　陰陽寮の天文博士は、日蝕（にっしょく）などの変異の卦（け）が出たらじかに帝に勘文（かんもん）を奏する。

　いたずらに民草の不安を煽（あお）ってはいけないので大貴族にも誰にも知らせず帝だけに密かに連絡する。太陽や月が翳る日程、数十年に一度の客星の訪れなど、この世で彼しか知らないことは数多くあった。

「この件はお方さまにもお知らせせぬよう。誰にも話してはいけません。知る人が多いほど被害が広がります。人に知られぬように星見を行い、陰陽の位相を確かめて秘密裏に儀式を行い、対策するのです。ぜひ御協力を」

「き、北の対の天井と言いましたか。北の対にはお方さまが」

「知らせてはいけません。災いなす恐ろしい星です。あなたの分だけ後でまじないをして厄を祓います。わたしたちが星見をしている間、お方さまはよそに御案内ください」

「よそって、何と言って」

「こちらをお貸ししましょう」

泰躬は下人に漆塗りの三本脚の行器を持ってこさせた。

炊いた飯などを入れておく器だが、紐をほどいて蓋を開けると入っていたのは黄色い大きな生きた亀――まず見かけないものが出てきて乳母は腰を抜かさんばかりだった。

「か、亀ですか、これは」

「我が家の式神が一つ、〝御亀さま〟です。世にも稀なる白い亀。密かに倉の中で養い、もう何十年も人に見せたことはありません。これが池から出てきたという話にして、西の対の釣殿でお方さまに御覧になっていただきましょう。この亀は我が家の倉の奥深くで霊気を蓄えておりましたがこたびは数百年に一度の危機、溜め込んだもの全て使うことにいたしました。白い亀は神獣玄武の化身で見るだけで寿命が延び、子宝に恵まれます。いにしえの帝が改元したほど珍しいもの」

　彼は大真面目だった。

「これを御覧になるために北の方さま始め、お集まりの貴女の皆さま、御子さまがた全員、西の対に移動していただく。あなたは西の対に亀がいて見ると御利益があるとだけおっしゃればよい。そうして動ける人を全員、西の対に集めて北の対はすっかり空けてください。女房も女の童も、誰一人として残してはいけません。亀の御利益を皆に広めるのです。亀は後で返してください、飛んだり走ったりして逃げるものではないですが池に沈んだら面倒なのでそれだけ気をつけて」

　目を白黒させる乳母に、泰躬はまくし立てた。

「事情をお話しすることはできないのです、ことは一刻を争います。日が暮れたら客星が見えなくなる。わたしはこたびの災厄に備えて吉野の山に登り五穀を断って身を清め霊験を高めておりましたが、本日来るとわかって慌てて下りてきた次第です。わたしの一生の神通力はこの日のためにあったのだと」

　実際に彼は山岳修行でやせて日焼けして面差しに凄味を醸（かも）し出（だ）していた——

「先帝の御代（みよ）に大地が揺れ、家々が倒れたのは客星の祟りです。こたびの客星はあれよりひどいかも。記録によれば疫病が出たこともあります。どうか御協力を」

　陰陽寮の天文博士はこの京で起きる全てを決めていた。

大将祐長の休みの日、白桃殿が髪を洗う日、死人が出たときの葬儀の段取り——女四の宮との婚儀の日取りだって本当なら彼が決めるはずだった。泰躬がそうしろと言えばよほど気が進まない限りそうしなければならなかった。出産してはいけないと言われても止められない、それくらいだ。

天変地異が起きるとまで言われて乳母が逆らえるはずはなかった。

祐高の感覚では天井とは屋根の裏側の見苦しいところを隠している部分だった。頭の上に板を張る組入(くみいれ)天井や格(ごう)天井は寺でしか見かけない。

白桃殿の天井画は絵を描いた板を屋根から吊り下げ、下から細い格子を打ちつけて支えている格天井。初めて見たが、寺でもないのに頭上に板が張ってあるのは背の高い祐高には圧迫感がある。烏帽子(えぼし)が引っかかるほど低くはないが、桃の花に頭を押さえつけられているようだ。

梯子は組み立て式で短いものを何個もつなげる。牛車に隠して運ぶためだとか。

「馬鹿と陰陽師は高いところが好きですが、ああ、またあいつが高いところに登っている、と噂になるので。痛くもない腹を探られます。今回は探られたら痛いわけですが」

「星見というのはやはり高いところで見る方がいいのか?」

「そうですね。大抵のことは陰陽寮の楼で足りますが、家の屋根にも登らないわけではないです。屋根に登るまじないもありますし」

どうするのかと思っていたら、泰躬は母屋の隅まで行って上を指した。するすると登って
するすると下人が二人がかりで梯子を支え、木工なのか身軽な者が一人、
天井の格子を下に引っ張って外した――

「以前、鮎若さまが鞠を蹴り上げたら格子に引っかかりました。そのときに格子を少し切って、ついでに天井板も外して煤払いをすることになりました。ここだけ開くのです」

「……鮎若君は白桃殿ともあろう豪邸の母屋で蹴鞠を」

「将来、楽しみな御子ですね」


絵板を外すときにざあっと塵芥が落ちて山になった。落ちた端からもうもうと煙のように舞い上がる。

ぼとっと重たい音もして、しうしうと鳴き声がした。――黒々とした大きなものが埃の中から飛び出す。

祐高は肝を冷やしたが、よく見ると鼠だ。黒っぽくて片手では余るほど大きくて一人前に獣臭い。大人を咬んだりはしないが、寝ているやや子の耳や鼻をかじるとか――


泰躬は何でもないようにひょいと片脚を上げて鼠を避けた。

「大丈夫です。後で掃除しますから」

鼠は外へと駆けていった。

「天井裏の煤払いも陰陽師の仕事か?」

「実は大将さまが呪詛を探せとお命じに」

「兄上が⁉」

以前から呪詛を疑っていたとは、一体誰の恨みを恐れて——

「——御一族で御自分だけ背が伸びないのは呪いではないかとおっしゃったのです。前大将さま、別当さまとお顔は似ておいでなのに大将さまだけ小さいのは道理に合わないと。しかしこればかりは天命です、うちの上のせがれもなぜだかわたしや生みの母よりわたしの父に似ています。結局、隅々まで探しても呪いなど出てきませんでした」

——何だか申しわけなかった。あの兄がそんなことを気にしていたとは。

「まあ疑うのも無理はありません。わたしが蠱物(まじもの)を隠して呪うならここです、大将祐長さまと御令室の頭の上。こんな大きな隙があれば不安にもなるでしょう。床下や井戸の底まで調べるのに天井裏を調べない理由はありません」

泰躬はぞっとするようなことを言う。

「屋根の上に人喰い鬼がいても天文博士なら気づくか」

「ええ。屋根の上に床下、御注意(ていざ)ください」

「憶えておく。——客星、帝座を犯すとは大きな嘘をついたものだ」

「昨日今日出てきた淫祠邪教如きに後れを取ったのでは陰陽寮の名折れです」

「天文博士の霊験ならば昼間に女の部屋に入るくらいはやや子の手をひねるよう、か」

「あまり知られていないから何を言っても相手が真に受けるだけの話ですが。天文密奏と言っても、主上が側近くの蔵人(くろうど)などに御相談なさったら結局は皆さまに筒抜けですよ。特に日蝕の予測を外すと己が無能が知れ渡ってとても恥ずかしいですが、失敗していちいち自害する掟はないので生き恥を晒しております。意外と皆さま憶えていないようで」

今の泰躬は風に吹かれるまま右に左に揺れる柳だった。細くてもしぶとく折れない。

「……たまに陰陽寮が何かあるとか言って大騒ぎするわりに何もなく終わるのは……」

「日蝕や月蝕の予測を外したのです。わたしも、前の博士も外しました。陰陽師が嘘をつくなど当たり前の話なので面の皮を厚くして生きております。天や星々の気紛れはわたしの理解をも超え、わたしに限らず代々の天文博士は皆、才覚が及ばず苦労しています」

いけしゃあしゃあと。

「〝御亀さま〟は本物か？」

「本物です。倉にいたというのは嘘です、亀は日に当てて水に浸けないと死ぬので。せがれが餌をやっています」

「色を塗ったのではないのか。白い亀とはどういう由縁で」

「生まれつきの色ですよ。ええとわたしが五つのときだから、かれこれ三十年前に神泉苑で見つかったと。やはり亀は長生きですね」

祐高は腰を抜かしそうになった。神泉苑といえばかつては帝が涼を求めて宴を楽しみ、かの空海和上が龍王を勧請し雨乞いをした神聖な池で――

「京を守護する神獣ではないか！　主上に御照覧いただくべきでは」

「何の具合か見いだしたとき甲羅が打ち割られたひどいありさまでして。神獣を死なせたら今上の徳にかかわると密かに我が家で養生させることになったのです。先々帝の頃？駄目で元々と毎日蕺をすり潰して傷につけていたら治りましたね。甲羅が歪んでいるのは傷痕です。まさか生えてくるものとは。秘密にしすぎてその後、何となく上つ方の皆さまに御紹介しそびれていただけなのですが、多分この日のためにいたのでしょう」

——千枝松の情緒不安定の理由がわかったような気がした。この父親に振り回されていたら嫌になるだろう、家も陰陽寮も。

「神泉苑の主をわたしの思いつきのために……」

「淫祠邪教のまじない師を打ち破り、白桃殿さまをお助けするのは京の平安を守る行いです。奇瑞というのはいんちきができるものでして」

「いんちきではなく本物だろうが。何だか大変なことを頼んでしまったような」

「今更です」

木工が降りると、下人どもは梯子を継いで長くした。次には泰躬が登る。いろいろな荷物を背負った上で片手に紙燭を持って。片手で梯子を登るのはいかにも危険そうなのに、難なく天井の上に姿を消した。

「どうぞ、別当さま」

上から祐高を呼ぶ。祐高は恐る恐る梯子を両手で摑んで登る。身体が重いのか木工や泰躬より動きがとろくさい、恥ずかしい。支えられていても梯子がぐらぐら揺れて怖い。

やっと天井板の上まで登ったが、泰躬は更に少し上の梁にしゃがんで待っていた。上は真っ暗で埃と鼠の糞尿（ふんにょう）が臭い。

「天井板を踏むと破れて真っ逆さま、全て水の泡です。お気をつけて」

何とか梁の上までよじ登ったが、砂埃のざらざらと蜘蛛（くも）の巣や綿埃のふわふわが混ざったものが足の裏をこすって気持ち悪い。

泰躬は離れたところを指さした。そちらに下から光が差し込んだ。

「上座の辺りに声が通りやすいよう隙間を空けました。天井板の隙間が光っているでしょう。梁（はり）を伝ってなるべく近くまで寄ってください」

「……この梁の上を、這（は）っていけと？」

「こればかりは代わってさしあげるわけにいきませんので」

泰躬が指す天井裏に登ってみたい、などと考えたのを後悔した。

祐高は天井板の隙間まで、二間くらいあっただろうか。白桃殿ともあろう豪邸の梁は両脚を揃えて立てる太さがあったので中腰で立って歩くこともできたのだろうが、恐ろしくて屈んで手をついたまま。埃だらけの梁をなぞってそろりそろり這った。大きな図体のまま鼠になったようだった。

やはりここは只人の知らない世界、現世の薄皮一枚剝いたところで物の怪の棲処なのだ。生きた人がいるべき場所ではなかった。

何とかたどり着くと、泰躬がすぐに横にやって来た。祐高が必死で来た道を、彼はさっと動いただけで追いついてきた。紙燭で片手が塞がっているのに実に身軽だ。もとからなのか、吉野で得た験力なのか。

「ちょっとこちらを」

泰躬は祐高を梁に座らせ、紙燭を持たせた。胴に縄をくりつけ、立ち上がってもう片方を天井の吊り木に結わえる。

「一応の命綱です。別当さまは偉丈夫なので気休め程度、全体重は支えられないので御注意を。お帰りの際に切ってください。降りるための縄は別に結んでおきます。入ったところを一旦、軽く塞いでお帰りのときにまた開けます」

泰躬は他に節を抜いた太い竹筒を渡した。

「下に呼びかけるのに、こちらの竹筒を口に当ててお使いください。響いて御兄弟での声の違いが紛れますし、もう片方の端を天井の隙間に当て、竹筒の中で声をまとめるようにすると下に届きやすくなります。そのままでは上にも散って聞こえないかもしれません。道具は置き忘れても大丈夫ですので落っことしたらそのままで、無理に拾おうとはなさらないで。紙燭は今だけで、わたしが持って降ります。暗くて不便でしょうがここから火を出したら消しようがありません」

弓懸のような手袋。

「縄で降りるときにお使いください、力を入れて素手で摑むと手のひらの皮が擦り剝けます。——寝ないでくださいね。鼾が響いてばれたら死ぬと肝に銘じて」

こんなところで眠れるほど神経は太くない。

「千枝松の禹歩はうちの兄仕込みでやたらと音が大きいのでそれを合図にしましょう。床が鳴ったら皆、天井のことなど忘れるでしょう。わたしは音が大きければいいというものではないと思っておりましたがこの際、使えるものは使いましょう」

それで泰躬は一人で天井を降りて、下人や木工と後片づけをした。

最後に乳母の少弐を呼んで彼らしい静かな禹歩を踏んでまじない符を渡して、客星は見えた、これで大丈夫だ、後の儀式は陰陽寮でする、あなたは亀をしまったら身を清くして早く寝ろとか何とか嘘八百を並べて去っていった——

＊＊＊

千枝松はひらりとどこからか紙のまじない符を出した。灯台の火を点けると一瞬、青い炎が上がる——とても美しい。代わりに屁のような臭いが立ち上る。

「これは紙の裏に信濃国の硫黄が塗ってあって燃やすと火が青くなるという仕掛けですが、これだけ渡されて〝お前はやかましい禹歩を踏んで大声でそれらしい呪文を唱えて大将祐長さまの生き霊を抜け〟と命じられたぼくの身にもなっていただきたい」

傷のある白い亀を見て長年自邸で世話してきた〝神泉苑の御亀さま〟だと気づいた千枝は女装のまま父親を北の対にとっちめに来た。そんなものは京に二匹も三匹もいないし他の家族が持ち出すはずもない。

ここ数ヵ月生きているか死んでいるかもしれなかった父がいきなりこんなところに神亀を連れてきて、何かたくらんでいるのに決まっている。

そこで逆に「お前が大将祐長さまの生き霊を抜いて戻す、特に戻す術をしなければ別当祐高さまは白桃殿邸の天井裏に取り残される。そのままでは干涸らびて死ぬか、高貴の女君の集う母屋に落っこちて不埒な間男、覗き魔の変態と指さされるか。もう別当さまは天井裏にいらっしゃる。できなくてもやれ」と脅された。

――何て気の毒な話だ。孔子は二十篇かけて父や兄、目上の者への忠孝を説いたが、千枝松は命じられて丸暗記しただけで忠孝など身についていなかった。彼にとって父親はどこまでも「宴会芸ばかり得意な浮気者の男」で、恨み憎しみは〝ゆかりさま〟に吹き込まれたものだけではなかった。

しかも千枝松は庭でぎゃあぎゃあ喚いて父親に文句を言っていたら蟷螂に似た薬師の男がやや子を攫って連れていこうとするのにも出くわして、そちらも解決せねばならなかった。それはいいとして、なら羹は誰が作ったのか、あの頃合いに千枝松が現れたのはできすぎなのでは、あれは鶏だったと速やかに答えられたのはなぜか――深く考えるまい――薬師の方は人肉なども所持していたようなので改めて検非違使庁で捕縛するとして。二見は陰陽師に心酔しきって安倍家で水汲みやら薪割りやらしたいと言っているらしい。

泰躬は外した天井板と格子を嵌め込んで見た目だけ軽く留めて、掃除をして去っていったがそれでは足りなかったのだろう。天井から落ちた塵芥の臭いがたまらなかったので少弐が母屋に匂いの強い丁字入りの香を焚いてごまかした――つもりが、女房たちの中に埃に弱い者がいて嚔が止まらなくなってしまった。忍は全然気づかなくて、よかったような悪かったような。

忍も気づいたことはあった。木工が天井板を戻すときに向きを間違えて、桃の花の絵が一部、逆に傾いていた。絵の中に風は吹いていたのだ。

「二郎の羹の話は打ち合わせになかったから足を踏み外して落ちそうになった」

――本当に、頭の黒い大きな鼠がいたものだ。

忍は垂れ下がった縄を指さした。

「これ、このままじゃ何が起きたか丸見えじゃない?」

「ああ、そうだった。これはな、こちらだけ引っ張ると」

祐高が縄を引っ張ると、ほどけて全部手許にたぐり寄せられた。

「吉野の修験者の術らしいぞ。縄で岩山をよじ登ったり降りたり、荷をくくったり。格子と天井板は外れたままだが、ここを清めるため明日にも陰陽師が呼ばれるであろう」

「自作自演じゃないの」

「いかにも」

「で、あなたも多芸多才な天文博士が何でもできると豪語したので何でもしてしまった、と」

忍はつい声が冷ややかになる。

今回、三人のまじない師がいて祐高のが一番上等だったが、使い方が上手かったのは白桃殿だったのではないか――小物でも自分が御せる相手を選ぶというのは大事なことだと忍は痛感した。強力すぎると手に余る。

「この後はぼくは知りません。忍さま、別当さまを密かに車宿から牛車に乗せてお邸にお帰しして」

「あ、わ、わたし、わたしの具合が悪いから帰るとか何とか言って目立たない牛車を仕度します。さっきの騒ぎで持病の癪が差し込んで。帰って寝たら治るのです」

と葛城がばたばたと車宿に向かった。

「ではわたしも」

「あ、ぼくも」

桜花と千枝松も、ささっと妻戸から出ていった――千枝松は「知らない」と突き放しておいて何だ。皆で行ったら後で誰が祐高を車宿まで連れていくのか。

妙な気を回して二人きりにして。二郎もいるから三人だが。

いや、気を回したと言うよりは逃げたと言うのが正しいのか？

「……義兄上さまの生き霊を抜いたって、義兄上さまは口裏を合わせてくださるの？　あちらはどうするのよ」

忍が問うと祐高は目を逸らした。

「実は西洞院の邸に、御祝儀だと言って例の飲んだら昏倒する酒を小綺麗な容れものに入れてわたしの名で贈りつけた。わたしが贈ったものなら兄上は毒見なしで飲んで、今頃霊魂が抜けているだろうと……宴の最中に意識を失って記憶をなくしていたらそれで辻褄が合うだろうと。いやわたしは男女の営みを盛り上げるものと聞いたから悪気はなく」

なぜいきなりそんなに大胆になってしまった。

「どうせ兄上の言葉は安いのだからわたしが借りて多少ばらまいても大丈夫かと思った」

そんなところを見習うやつがあるか。

「千枝松は大将さまにまじないを使った罪で罰せられないわけ?」

「そこはその、あれは正気を失っていたのだ、髻を放って珍妙な格好でわけのわからないことを言って……まだ幼いので霊能の力が暴走して、鬼神に取り憑かれていたのだ。皆の身代わりになって客星の祟りを一身に受けてしまったのだ。何ヵ月か謹慎したら治る」

そのための扮装だったのか。

皇女さまの御婚儀が滅茶苦茶だ。新郎が邸の中で倒れたのなら従者が担いで無理矢理に新婦の寝所に連れていって体裁を整えただろうか。兄が呪われるのを防ぐという話だったのに自分で呪ってどうする。

となれば忍のやることは一つ。

忍は手を上げて、ぺちりと祐高のほおを打った——と言っても人の殴り方など知らない。自分の手が痛くないので、祐高のほおも痛くはないだろう。

白桃殿に彼を裁かせたら鏡台で殴り殺されてしまうので。

「〝女は何だかんだ言って、夫が戻ってきて優しい言葉を言えば喜んで涙するだろう〟と思ったわけ？」

「――面目ない」

――白桃殿さまがあんなに取り乱さなければ、諱を呼んで愛しているとでもささやいたわけ？

「白桃殿さまは淫祠邪教を咎められたら御寺の荒法師を迎え撃つっておっしゃったけど、御自ら大鎧を着て薙刀を振るうおつもりだったんじゃないの。わたしが喧嘩をしてもよよと泣く程度のしとやかな女だから、あなたは白桃殿さまを見くびったんじゃないの」

「しとやかな……」

何だ。忍はしとやかな女だ。夫をぶつのも上手くない。

「あの方、それは仁徳のない嫌な人だし大いに道を踏み外しておられて上手くいきそうになかったけど、あなたが女如きと侮っていいような人ではなかったわ。あなたが思っているよりずっと立派で賢い方よ。義兄上さまに温情を請わなくても人を呪わなくても、一人で立ち直って生きていくすべを見つけようとしていた……」

言っていてなぜだか涙があふれた。

白桃殿の計画はいくら立派でも土台が傾いていた。

呉竹を誘惑して子を差し出させるだけで享楽しか知らない彼女の蒙を啓くものではない。享楽を提供するのに、旅芸人の二見に随分無理をさせていたようだ。子を産めない妹など人と思ってもいなかった。

挙げ句、妾の子など筍のように生えてくると。

子に敬われたいくせに子を尊重する気はかけらもない。

御寺との衝突などなくても上手くいくはずはなかった。

わかっているが、祐高は親切で白桃殿の誇りを踏みにじった。

夫に声が似ているというだけで。

男というだけで。

悪意からの方がましだった。

「誇り高い方に非礼をしてしまったのは認めるが――立派で賢い方がなぜ怪しげな薬やまじないを振り回し、見境をなくして吠え猛る」

祐高は忍と二郎を抱き寄せた。屋根裏の塵芥の臭いなのか、埃っぽい。挟まれた二郎がぷちっと何だかわからない音を立てたのは、嚔か。

「忍さま、かわいそうに、怖い思いをさせた。妙な薬を飲まされて惑わされたのだな。わたしと一緒に帰ろう、女が夜に牛車に乗るものではないがそこは何とか言ってごまかそう。もうこんなところにはおれない」

祐高は顔に触れようとして、手袋があるのを思い出したのか、やめた。近くで見ると目がしょぼしょぼしていた。泣いたのか。

――優しい人。

それに、まだ若い。

「すまなかった……と言っていいのか……わたしはあなたに甘えていたな。飯炊き女なんてとんでもない。去年までのあなたは……よき友人、いや、家族だった。いるのが当然だと思っていた。信頼していてもあんなことを言うべきではなかったな……あなたはずっと守るべき家族で……」

幼くて、忍のことしか知らない。忍のことしか気遣えない。

自分で目をつむっている彼の世界はとても狭い。

この期に及んで兄とその妻の関係を理解できているかどうか。

ここで泣いていたのは白桃殿ばかりではないだろう。人には冗談のように話しても。

天井に咲いた桃は誰を閉じ込めるためのものだったか。

この邸で時間を忘れて人に忘れられても、帝王の名すら忘れても、子を産み育てて穏やかに暮らしてほしいというのは、誰の願いだったか。

ここは夫婦が偕(とも)に老い、二人の墓穴となるはずだった美しい檻。その残骸。

白桃殿は京で一番不幸な女。

高貴に富裕に賢く美しく生まれついたのに妃の座を逃して夢は叶えられず、親の愛も夫の愛も御仏の教えも見失った。

愛が足りないならよそから借りてきて増やせばいいという思いつき、それ自体はまるで悪いことばかりではなさそうだった。

すり切れた彼女が自分の血など一滴も入っていない四歳の小鮒の中に見つけた希望だけは本物だった。

忍の知らない愛を安倍の〝ゆかりさま〟と彼女は知っている。そう信じたい。千枝松は欠点もあるができた子だ。本人がどう思っていようと彼は両親の愛と義母の希望の結晶だ。まばゆい未来が待っている。

ここが京の子らを教える学び舎(まなや)になって、学問の象徴が梅ではなく桃の花になっていたら、他の女も彼女に倣って強く賢く生きられたのだろうか――

そんないいことばかりのはずがない。

それでも白桃殿が見つけたよいものまで否定したくなかった。

見せかけだけでも下心があっても、世の中をよくして自分も幸せになる愛の夢。もうお妃にはなれない彼女が一人で考えたなりたい理想の自分。

蔑(ないがし)ろにされては怒るばかりの彼女が思いついた、女が男の真の敬意を得る方法。運任せの縁談や出産など目先の幸せに頼らない遠大な計画。

父や乳母にせっつかれて結婚して幸せになっただけの忍ではたどり着けない志。

賢い女。

祐高にもあの釣殿で、白桃殿の大望を聞いてもらいたかった。

「天文博士が言っていたぞ。あの偃息図は本当は御仏で、人ではなく象の姿をしているのだ。随分ひどく歪められていて、元のものには淫欲に耽っている部分もない。少し滑稽で、男女の愛を示しているのだそうだ。女の方が足一つだけ上……わたしもあなたをそんな風に尊重できたら……」

忍をかき抱く祐高は、腕の中の二郎と同じくらいいとけなく思えた。

立派な公達に育ったと思っていた忍の夫。京で一番誠実で京で一番無粋な男。

八年ではまだ足りない。

あとがき

前の巻には歴史的に誤った表現がありました。お詫びして訂正します。正しくは。

兄「忍の上は水銀を飲めば安産できるから心配するな」
弟「絶対に駄目です！」

ここが怖いよ、平安医学！
白桃殿さまのスピ技の参考にしようと思って資料で勉強したけど当時の最先端医学は現代人から見て高確率で「ないわー」だったので結局全部シカトしてそれっぽいものを創作することになりました。

平安時代の真面目な妊娠中絶法「トリカブトの粉末を酢で練って左足に塗る」（『医心方』より）

……いい意味でも悪い意味でもピンとこない。絶対に真似をしないでください。
「医者とか薬とかに頼るな、神仏のご加護とお前の体力を信じろ」がこの時代のベストだった。「ソースはあってもエビデンスはないのでチートを主張するヤツほどヤバい」が常識だった。何で医者が信用できないってちゃんとした医者が少ないから……

資料といえば『権記』（藤原道長と同時代の貴族の日記）

「今日は天文密奏があった」

あんたが知ってる時点で何も秘密じゃないな⁉

本編補足。この時代、鏡は顔が映るまで磨いた銅や銀で使わないときはケースにしまっていて、使うときだけ〝鏡台〟に置く。〝鏡台〟はドレッサーではなくスタンドで抽斗とかついていない。

「一間」は「六尺」で一・八二メートル弱。「三間」で五・四五メートル強。「四間」くらいあってもよかったのかもしれんがそんなに必要なのかわからん……ってなった。当時の絵はデフォルメされているので寸法の参考にならない。「ひと時」は十二辰刻で二時間、「ふた時」で四時間。「一刻」だと二時間だったり三十分だったりする。桔梗が忍さまを起こすのは鶏が鳴くよりちょっと早い。鶏を時計代わりにしていたので食べる習慣がない。「ペットを食べてはいけない」感じ？

この時代は人の手紙や日記を勝手に見たら失礼とかいう感覚ないので皆、他人の書いたもん堂々と読みます。見られるところに置く方が悪いのです。

今回は『今昔物語集』と『宇治拾遺物語』に登場する由緒正しいトリックを使用してみました。……壁が少なくてスカスカでプライバシー皆無、大抵の用事を人力で解決する平安建築で密室状況を作る方が難しかった。「あらかじめ、ターゲットについて来る従者を軽く皆殺しにしておきます」ってその方法を教えろ！

建築資料をメチャ調べまくったが、このネタに必要だったのは寝殿造りの情報ではなく古代仏教寺院建築だった。しかし仏教寺院建築は独自進化で複雑化していたのでもっとシンプルな建築の歴史を一から学習することになった。トリックに近道なし。

新キャラ千枝松（ちえまつ）くん。「あべのやす」まで名前のフォーマットが固定していてパッと見、誰が誰かわからんので苦肉の策の幼名呼び。こるもの先生は「祐高（すけたか）」と「祐長（すけなが）」がどっちがどっちかわからんくなるのを反省した。実は作者も書きづらい。地獄。

陰陽師（おんみょうじ）の厳しい修行で「足の裏は第二の心臓」とか言って幼い頃から丸い玉砂利を裸足（はだし）で踏んで、徐々に丸くない石に変えていくことで足裏を鍛え、都大路（みやこおおじ）も裸足で歩ける鋼鉄の足を得た。破傷風感染したら死ぬからやめなさい。出す音がでかければでかいほど威力がある音波魔術の使い手。実際の陰陽道（おんみょうどう）とは何も関係ありません。このシリーズを執筆するにあたり、こるもの先生は全然陰陽道の資料を参照していません。

自分で書いたものの、ここで終わったらメチャ感じ悪いな！　両片思いとは繊細なので慢心しているとあっという間に駄目になる！　待て次巻！

汀（みぎわ）こるもの　拝

参考文献

『宇治拾遺物語　全訳注　合本版』Kindle版　高橋貢（著・訳）／増古和子（著）　講談社学術文庫
『漢詩編』【5冊 合本版】ビギナーズ・クラシックス　中国の古典『陶淵明』『李白』『杜甫』『白楽天』『唐詩選』Kindle版　陶淵明　李白　杜甫　白楽天（著）／釜谷武志　筧久美子ほか（編）　角川ソフィア文庫
『今昔物語集　本朝世俗篇　合本版　全現代語訳』Kindle版　武石彰夫（訳）　講談社学術文庫
『図録日本の合戦武具事典』笹間良彦　柏書房
『全訳　論語』山田史生　東京堂出版
『伝統木造建築事典』高橋昌巳　小林一元　宮越喜彦　井上書院

本書は書き下ろしです。

〈著者紹介〉

汀 こるもの（みぎわ・こるもの）
1977年生まれ、大阪府出身。追手門学院大学文学部卒。『パラダイス・クローズド』で第37回メフィスト賞を受賞しデビュー。小説上梓の他、ドラマCDのシナリオも数多く担当。近著に『レベル95少女の試練と挫折』『五位鷺の姫君、うるはしき男どもに憂ひたまふ　平安ロマンチカ』『探偵は御簾の中　鳴かぬ螢が身を焦がす』など。

探偵（たんてい）は御簾（みす）の中（なか）
白桃殿（はくとうでん）さまご乱心（らんしん）

2022年5月13日　第1刷発行　　定価はカバーに表示してあります

著者……………………………汀（みぎわ）こるもの

発行者…………………………鈴木章一
発行所…………………………株式会社 講談社
〒112-8001 東京都文京区音羽2-12-21
編集03-5395-3510
販売03-5395-5817
業務03-5395-3615

KODANSHA

本文データ制作………………講談社デジタル製作
印刷……………………………株式会社ＫＰＳプロダクツ
製本……………………………株式会社国宝社
カバー印刷……………………株式会社新藤慶昌堂
装丁フォーマット……………ムシカゴグラフィクス
本文フォーマット……………next door design

ISBN978-4-06-527977-9　N.D.C.913　286p　15cm